KB142804

날아라
고무신

일제강점기 역사동화집

날아라 고무신

정민영 · 정주아 · 박은선 · 최수인 · 정다운
이정란 · 이희분 · 박경희 · 양태은

구름바다

백 년 전, 우리나라 방방곡곡에서 대한독립만세 소리가 들
렸다. 이 마을 심학산 정상에도 그해에 봉화가 활활 타올랐
다고 한다. 일본에 강제로 빼앗긴 나라를 되찾으려는 수많은
사람들의 함성과 열망으로 마침내 해방을 맞이할 수 있었다.
우리는 "기억하지 않는 역사는 되풀이된다"는 역사적 교훈
을 잊지 말아야 한다. 일본은 여전히 자신들이 저지른 전쟁
에 대해 반성하지 않고 있다. 이것이 일제강점기 역사동화집
《날아라 고무신》을 출간하게 된 가장 큰 이유 중 하나이다.

일제강점기 역사동화집 《날아라 고무신》은 일본의 침략과
수탈로 인한 우리 민족의 고통을 담았다. 또한 일제에 어떻

게 저항했는지를 보여준다. 특히 어린이들이 주체가 되어 일본에 저항하는 장면들이 실렸다. 역사동화의 주인공인 어린이들이 다가온 어려움을 회피하지 않고 당당하게 맞서는 모습을 보며 어린이 독자들은 통쾌함을 느끼고 용기를 얻을 것이다.

정주아 작가의 〈가마니 짜기 올림픽〉은 일제가 쌀 수탈을 위해 가마니 짜기를 강요했던 시기를 배경으로 한다. 덕순이와 마을 사람들이 일제의 쌀 수탈 정책에 눈을 뜨며 저항하는 순간 터져 나오는 만세 소리에 가슴이 뜨거워진다.

정민영 작가의 〈날아라 고무신〉은 초능력을 지닌 소년 백의가 일제의 수탈과 강제징용에 맞서 싸우는 판타지 역사동화다. 일본 경찰을 혼내 주고 빼앗겼던 공출미를 가져다가 굶고 있는 조선인 마을에 전달한다는 상상만으로 통쾌함을 안겨준다.

박은선 작가의 〈대장촌 아이들〉은 한춘과 료타, 두 소년의 우정과 갈등을 다룬 이야기다. 조선인 소년 한춘이 식민지 정책의 부당함을 깨닫고 주먹을 꽉 쥐는 모습에서 희망이 느껴진다.

최수인 작가의 〈삽살개 구출 대작전〉은 일제가 군용 방한복을 만들기 위해 조선의 토종개들을 대량 살상하던 일을 소재로 삼았다. 삽살개 '곰실이'를 일본 경찰에 빼앗기지 않으려는 강만이와 친구들의 구출 작전이 성공하기를 빌고 또 빌게 된다.

정다운 작가의 〈소복이〉는 일제의 조선 침략을 정당화하는 '조선쌍육놀이'를 비판한다. 일본인 가정에서 식모살이를 하며 '더러운 조센징'이라는 멸시를 받았던 소복이가 유키코의 주사위 돌을 가져와 일본인 마을을 향해 힘차게 내던지는 모습에서 조선인 소녀의 강인함이 느껴진다.

이정란 작가의 〈안녕, 할머니〉는 한 마을에서 벌어진 세 처녀의 가슴 아픈 참사를 그려 낸다. 할머니의 가슴앓이를 어루만지는 고운이의 고운 마음이 잔잔히 전해진다.

이희분 작가의 〈어느 깜깜한 밤〉은 일본의 문화재 도굴에 동원됐던 아이들의 이야기다. 하야시 대장은 무덤 속에 들어가 문화재를 꺼내 준 영이와 철이를 생매장하는데 아이들이 살아 나오지 못할까 봐 조마조마해진다.

박경희 작가의 〈오냐 아저씨〉는 '조선말 큰 사전'을 만든 정태진 선생님이 일본 경찰에게 끌려갔던 사건을 소재로 삼았다. 선생님의 제자였던 선예와 옥선을 통해 우리말의 소중함을 아름다운 시로 전하고 있다.

양태은 작가의 〈헝겊 귀마개〉는 일본에 강제징용 간 조선인이 학대 당하다 탈출한 것을 일본 아이 도요아키가 돕는 내용이다. 인간성이 파괴되는 전쟁 속에서도 따뜻한 인간애를 느낄 수 있는 작품이다.

이번 역사동화집은 오랫동안 일제강점기 역사동화를 써 왔던 장경선 작가의 제안으로 시작되었다. 장경선 작가는 《제암리를 아십니까》, 《김금이 우리 누나》, 《검은 태양》, 《안녕, 명자》, 《언제나 3월 1일》, 《두둑의 노래》 등 수많은 역사동화 책을 펴낸 베테랑 작가다.

이 작업에 한 작가가 더 합류했다. 세계청소년문학상 수상작 《나는 할머니와 산다》, 고학년 동화 《십자매 기르기》, 소설 《마리의 사생활》을 출간한 최민경 작가다. 최민경 작가도 흔쾌히 수락하였다.

장경선(동화작가), 최민경(소설가), 박인애(시인) 세 작가가 모여 마을 사람들과 함께 삼 개월 간 동화 창작 수업을 열었다. 치유와 회복의 마을 커뮤니티 공간 '마당'에서 일제강점기를 배경으로 저마다 한 편씩 단편 동화를 완성하였다. 동화가 무엇인지, 어떻게 쓸 것인지 배움의 과정이 필요했고 역사 자료를 찾아 공부하는 시간도 가졌다. 마침내 완성된 동화를 마을 아이들이 읽어 주었고, 그 중 각자 마음에 든 한 편의 동화를 골라서 삽화를 한 점씩 그려 냈다. 이로써 초고와 삽화가 완성되었다.

교하는 파주 출판도시와 인접해 있다 보니 편집자들과 작가들과 디자이너들이 더불어 살고 있다. 역사동화집에 들어갈 원고와 삽화를 책으로 출간하기까지 많은 마을 분들이 참여하였다. 아이들의 삽화를 지도해 준 박진숙 선생님과 안승희 선생님, 본문 교정에 힘써 준 정다운 선생님과 강혜연 선생님, 표지그림과 아이들의 삽화를 작업해 준 이승철 선생님, 전체적인 북 디자인을 맡아 준 여현미 선생님 덕분에 책이 완성되었다.

하는 일도 다르고 사는 모습도 다른 한 마을 사람들이 모여서 역사동화집을 펴냈다. 어느덧 이 마을에는 '역사동화작가(역동작)' 모임이 만들어졌다. 다음에는 과연 어떤 역사동화집이 나올지 무척 기대된다.

마지막으로, 3.1운동과 대한민국 임시정부 수립 100년을 기념하는 뜻깊은 해에 이 책이 출간될 수 있도록 지원해 준 경기문화재단에 고마움을 전한다.

2019년 10월 31일
교하에서
장경선, 최민경, 박인애

차례

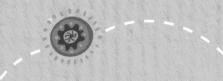

가마니 짜기 올림픽

정주아

자유 기고가로 글을 써 왔지만,
이제 나만의 이야기를 찾고 싶은 여자 사람입니다.

가마니 짜기 올림픽

글 · 정주아 | 그림 · 안요섭

쓱싹, 덜커덕 쿵, 쓱싹, 덜커덕 쿵.

가마니틀이 쉴 새 없이 움직입니다. 식구들이 큰방에 모두 모여 앉아서 저마다 바쁘게 손을 움직이고 있어요. 가을 추수도 다 끝났는데 뭐가 이리 바쁘냐고요? 가마니를 짜느라 신이 나서 그래요. 큰방 한가운데에는 희춘이 오빠가 학교에서 받아 온 가마니틀이 있어요. 오빠가 가마니틀을 등에 지고 오던 날, 언니랑 나랑 막둥이는 그 앞에 붙어 앉아서 요리조리 구경을 했어요. 가마니를 많이 짜면 오빠 학교에 월사금도 내고 우리도 흰 쌀밥을 실컷 먹을 수 있대요. 생각만 해도 절로 신나요.

가마니를 잘 짜려면 모두가 힘을 합해야 해요. 마당에다 멍석을 깔고 그 위에 짚풀을 올린 뒤 아버지가 몽둥이로 짚풀을 탁탁 때려줘요. 그래야 짚이 보들보들해지거든요. 어머니는 아버지가 타작질을 한 짚풀에 물을 조금씩 뿌려 주면서 가지런히 모아요. 오빠는 어머니가 추스른 짚을 가져다가 새끼줄을 꼬고 있네요. 조금 전까지는 복순이 언니가 하고 있었는데 자리를 바꿔 달라고 그새 오빠를 졸랐나 봐요.

오빠가 손바닥에 불이 나도록 꼬아 놓은 새끼줄 한쪽 끝을 가마니틀 위에 걸쳐요. 참나무로 만든 기다란 바디[1]에는 송송 구멍이 뚫려 있어요. 여기에 새끼줄의 다른 쪽 끝을 꿰어서 틀 아래에 고정해요. 내가 대나무 바늘로 짚 한 가닥을 잡아서 가로로 찔러 넣으면, 복순이 언니가 양손으로 바디를 꼭 쥐고 가마니틀 아래 방향으로 쿵쿵 찍어요. 새끼 꼬기 싫어서 자리를 바꾼 언니는 이제 바디 찍는 게 더 힘든 눈치예요. 내가 여덟 살이라 쉬운 일만 맡은 거 아니냐고요? 짚을 넣는 일도 그리 간단한 게 아니랍니다. 바디 찍는 소리에 맞춰 잽싸게 짚을 넣어야 가마니가 가지런히 만들어져요. 어머

---

1) 베틀, 가마니틀, 방직기 따위에 딸린 기구의 하나이다.

니가 말했어요.

"짚 먹이는 솜씨는 덕순이가 조선 최고여."

그런데 순만이 삼촌은 또 어디를 갔을까요? 순만이 삼촌은 경성에서 이틀 전에 돌아왔어요. 우리 모두 가마니 짜느라 이렇게 바쁜데, 삼촌은 가마니 짜는 일을 전혀 도와주지 않아요. 삼촌이 집으로 돌아오던 날, 방 한가운데에 놓인 가마니들과 일손이 바쁜 우리들을 번갈아 쳐다보더니 한숨을 푹 내쉬었어요.

"아야, 왜 때리고 그려!"

"또 뭔 생각을 하느라 손을 놓고 있느냔 말이여? 시방!"

짚 먹이는 걸 놓쳤다고 언니가 꿀밤을 줘요. 언니도 만날 꾀부린다고 혼나면서. 치! 꼬르륵 쫄쫄, 배에서 또 시냇물 흘러가는 소리가 나네요. 저녁밥은 어김없이 만주 좁쌀과 말린 고사리를 섞어 끓인 죽 한 그릇이었어요. 달이 높이 뜨는 이맘때면 꼭 배가 고프답니다. 얼른 부엌에 나가 물 한 바가지를 들이켜야겠어요. 배가 고파 지푸라기를 입에 넣고 오물거리고 있는 우리 막둥이에게도 물 한 모금 먹여 주고요.

"야야, 떡순아. 니 콧구멍 속 시꺼먼 것 좀 봐야. 아이참, 문대지 말어. 얼굴이 죄다 시꺼메지는구먼. 아이고, 더러워라.

그 손으로 막둥이 만지지 말라니께.”

　가마니를 짜면서부터 온 식구들의 콧구멍이 시꺼메졌어요. 언니 저도 콧속이 까맣구먼, 나만 놀려요. 게다가 떡순이라니.

　“아이참, 떡순이가 뭐여, 떡순이가?”

　“떡순이를 떡순이라 부르지, 뭐라 부른디야?”

　언니는 나를 한사코 ‘떡순이’라고 불러요. 내 이름은 언니가 떡순이라고 놀릴 이름이 아닌데 말이에요. 나는 이왕[2]이 돌아가시던 해에 태어났어요. 아버지가 미역을 구하려고 장터에 나갔다가 사람들이 창덕궁 마마가 돌아가셨다며 수군대는 소리를 들었대요. 아버지는 창덕궁 마마를 기억하려고 일본인들 모르게 내 이름에 ‘덕’자를 넣었대요. 이렇게 귀한 이름을 ‘떡순이’라고 부르다니요. 나도 화가 나서 ‘복순이, 너 어!’라고 불러요. 꿀밤을 맞더라도 언니 얼굴이 붉으락푸르락하면 그렇게 고소할 수 없어요.

　그런데 언니가 나한테 심통 부릴 만도 해요. 내일 오빠 학

---

2) 조선 27대 왕인 순종을 낮추어 부르던 말이다. 고종과 명성황후 사이에서 태어났고, 1926년 4월 25일 창덕궁에서 승하하였다.

교에서 열리는 가마니 짜기 올림픽 대회에 나랑 오빠랑 둘이 나가게 됐거든요. 우리 마을에서는 처음 열리는 대회인데 장년부, 소년부 나눠서 시합을 한대요. 누구든지 두 사람씩 짝을 맞춰 오랬어요.

"가만 보니께, 희춘이랑 덕순이가 손이 잘 맞는구먼. 둘이 올림픽에 나가거라."

나는 뛸 듯이 기뻤어요. 내가 올림픽 대회 선수라니요. 물론 복순이 언니는 발끈했지요.

"왜 떡순이가 올림픽에 나간대유?"

"오라비랑 덕순이가 손이 제일 잘 맞더만."

"아부지랑 엄니는 어째 만날 떡순이만 잘한다고 그러신대유? 지가 떡순이보다 힘도 더 좋고 빠르잖아유?"

"짚 먹이는 것은 힘이 중요한기 아니여. 차분하니, 눈치가 빨라야 허는 거여."

복순이 언니 입이 또 삽짝까지 마중 나갔네요. 나는 언니만 보이게 혀를 날름 내밀었어요.

밤늦게 들어온 삼촌의 불퉁스런 말이 아버지를 화나게 만든 것 같아요. 아버지와 삼촌이 입씨름을 하네요.

"성님, 성님도 참, 이게 뭐 좋은 일이라고 아이들까지 앞세운대유?"

"순만이 넌 오랜만에 집에 왔으면 일이나 좀 거들지 않고, 웬 바깥출입이 이리 긴 것이여?"

"집에서 가마니 짜는 것도 모자라서 대회까지 나갈 것은 없잖아유? 우리가 누구 좋자고 가마니까지 짜다가 바쳐야 허냔 말이유? 가마니가 뭐에다 쓰는 물건인 줄 아시잖아유. 일본 놈들헌티 쌀도 바치고, 가마니도 바쳐유?"

아버지가 화나면 호랑이보다 무서운데, 삼촌은 어쩌려고 저러는 걸까요. 나는 마음이 조마조마해요.

"좋기는 누가 좋아? 학교에서 밀린 월사금 내라고 빌려준 것일 뿐인디."

"성님, 그렇게까지 희춘이를 학교에 보내야겠슈? 일본 놈들 밑에서 뭐를 배우게유? 차라리 대처에 나가서 기술을 배우든지 하는 것이 났쥬. 이제 알 만한 나이니 세상도 좀 배우구유."

오빠를 슬쩍 쳐다보니, 입술을 지그시 깨물고 자기 발끝만 쳐다보고 있네요. 복순이 언니는 내 귀에다 대고 속삭였어요.

"순만이 삼촌은 왜 저러는겨? 오랜만에 왔으면 경성에서 선물이나 사 오지 않고? 흥!"

아버지의 눈썹이 올라가고 목소리도 따라 높아졌어요.

"밖으로 도는 것은 너 하나로 족하구먼. 희춘이 학교 마치고, 면서기로라도 출세를 혀서 집안을 일으켜야 안 되겠냐? 힘이 있어야 후일도 도모할 수 있는 것이여. 혹시라도 아이들 데리고 쓸데없는 소릴랑 일절 하지 말어!"

아버지의 노여운 목소리에 집안이 조용해졌어요. 삼촌도 화가 났는지 방을 나가 버렸어요.

드디어 가마니 짜기 올림픽 대회 날이 밝았어요. 아침 일찍 온 식구가 대회장으로 출발했어요. 아버지는 저만치 앞장서서 걸어가고 나랑 언니랑 오빠는 나란히 걸어가요. 어머니는 뒤에서 막둥이를 업고 쫓아오셔요. 순만이 삼촌은 아침밥 먹기 전부터 보이질 않네요. 삼촌은 왜 가마니를 짜지 말라고 그러는 걸까요? 아이참, 내가 가마니 짜는 걸 보면 생각이 단박에 바뀔 텐데요.

"그런데 오빠, 가마니가 뭐에 쓰는 물건이여?"

"어휴, 떡순아. 넌 여태 그것도 모르냐. 가마니에다가 쌀이며 콩이며 넣는 거잖여. 가마니 배가 불룩할 때까지 쌀도 담고 콩도 담는겨."

치, 복순이 언니가 아는 척을 해요. 오빠가 말했어요.

"덕순이 너 쌀밥 먹어 본 적 없지? 좁쌀도 고사리도 소나무 껍질도 섞지 않은 흰 쌀밥 말여."

"그건 일본 사람들이나 먹는 거잖여. 요전에 심부름 갔다가 그 냄새도 맡은 걸."

며칠 전, 엄마가 심부름을 시켰어요. 삯바느질한 고운 옷을 물 건너 마을에 갖다주라고요. 일본 사람들이 사는 집이었는데 마침 행랑 아주머니가 밥상을 들고 안채로 가고 있었어요. 하얀 쌀밥 냄새가 구수하게 풍겨 왔어요. 쌀밥이 눈처럼 소복이 쌓여 있었지요. 쌀밥은 모락모락 김이 나고 윤기가 반지르르 돌아서 보기만 해도 군침이 저절로 돌았어요. 집에 돌아오는 길에 괜스레 배가 고파져서 살얼음이 낀 냇물을 몇 번이나 떠먹었지요.

"그 쌀 누가 농사지은 건 줄 알지?"

"피, 내가 그것도 모를까 봐. 우리 아부지랑 엄니랑 옆집 철이네 아저씨랑 오빠도 학교 마치면 돕고 그랬잖여."

"우리 아부지 엄니가 농사지은 쌀 담는 것이 바로 가마니여."

쌀을 잔뜩 담아 배가 불룩한 가마니를 어쩐지 한 번 보고 싶어지네요.

저기 학교 운동장이 보여요. 사람들이 벌써 많이 모인 것 같아요. 나는 마음이 조급해져서 오빠 소매를 잡아당겼어요.

"오빠, 빨리 가자. 선수들 다 모였나벼. 얼른 와, 응?"

덩그렁 땡땡, 땡땡.

면장 아저씨가 큰 종을 흔들었어요. 올림픽 선수들뿐만 아니라 마을 사람들은 죄다 구경 온 것 같아요. 내 동무 영자도 큰언니랑 같이 왔네요. 영자는 이 학교에 다녀요. 책보자기를 들고 학교를 다녀오는 영자를 볼 때마다 배가 살살 아팠는데, 오늘은 내가 꼭 이길 거예요. 면장 아저씨 옆에는 교장 선생님인 구로다 상이 서 있어요. 구로다 상은 단추 많은 군복을 입고 내 키만 한 칼을 차고 있어요. 그리고 운동장 곳곳에는 일본 경찰들이 서 있네요. 면장 아저씨가 훈시를 시작했어요.

"자, 다들 조용히 하세요. 여러분은 우리 마을 최초의 '카마스[3] 짜기 올림픽 대회' 선수가 된 것을 자랑스럽게 생각해

---

3) 일본어 카마스(かます)에서 변형된 말이 가마니이다.

야 합니다. 카마스는 여러 가지로 유용한 물건이지요. 전에 조선에서 쓰던 '섬'보다 얼마나 보기 좋습니까. 품질 좋은 카마스를 많이 만들어서 우리 마을이 모범 부락으로 선정될 수 있도록 합시다. 경기는 장년부와 소년부로 나눠서 각각 1등을 뽑겠습니다. 1등에게는 100전의 상금을 수여하고, 그 가마니는, 아니지. 에헴, 그 카마스는 따로 등급 심사를 하지 않고 모두 30전에 매입하도록 하겠습니다."

킥킥, 여기저기서 웃음을 참는 소리가 들려와요. 면장 아저씨는 평소에도 가마니가 아니라 카마스가 바른말이라면서 사람들한테 면박을 주거든요. 원래 가마니는 일본에서 들어온 거니까 카마스라고 해야 맞다나요.

"봉식이 저놈, 지도 조선인이믄서, 카마스는 뭐여? 우습지도 않구먼."

어, 순만이 삼촌이에요. 삼촌은 홍길동 같네요. 동에 번쩍, 서에 번쩍. 다시 '땡땡땡' 종소리가 들려왔어요. 이제 경기 시작이에요. 소년부 선수들은 단상 앞으로 모여 앉았어요.

"덕순아, 가마니 잘 만들어서 모두의 코를 납작하게 만들어 버리자고. 우리 잘 허자. 알겠지?"

나랑 오빠는 어느 때보다 손발이 척척 맞아요. 오빠가 바디를 쿵쿵 찍는 박자에 맞춰서 내 손에 든 대바늘도 빠르게 움직여요. 뒤에서 복순이 언니 목소리가 들리네요.

"떡순아, 희춘 오빠, 빨랑빨랑 안 허고 뭐 혀. 영자네는 벌써 반도 넘게 만들었다고."

"덕순아, 어여!"

오빠 말에 얼른 대나무 바늘을 더 꼭 쥐었어요. 덜커덕 쿵, 덜커덕 쿵. 이제 가마니 옆구리를 촘촘히 꿰매기만 하면 돼요. 내가 대나무 바늘을 찌르면 오빠가 당겨요. 거의 끝낼 참인데 멀찍이서 영자 목소리가 들렸어요.

"저희 다 했구먼유."

나는 분해서 눈물이 왈칵 쏟아졌어요.

"떡순아, 시방 울 때가 아니여. 어서 마무리 혀."

언니의 재촉에 눈물을 쓱 훔치고 마무리를 지었어요.

"저희도 다 했슈."

오빠가 손을 번쩍 들었어요. 이내 여기저기서 "여기유, 끝났슈." 하는 소리가 들렸어요. 심사관은 구로다 상과 면장 아저씨 둘이에요. 선수들이 펼쳐 놓은 가마니 사이로 두 사람이 왔다갔다하는 동안 내 가슴은 두근두근 방망이질을 했어요.

구로다 상이 단상에 서고 면장 아저씨가 발표를 시작하네요.

"장년부 1등은 54분 만에 카마스를 짠 이삼식 씨입니다."

도포에 갓까지 의복을 갖춘 삼식이 아저씨가 좋아서 어쩔 줄을 모르네요.

"에헴, 그리고 소년부는 심사가 좀 까다로웠어요. 제일 먼저 마친 사람은 1시간 15분 걸린 심영자 학생이에요."

영자랑 영자 큰언니는 서로 얼싸안고 폴짝폴짝 뛰어요. 그 꼴을 보고 있자니 목구멍이 뜨거워져요.

"에, 그런데 카마스 품질이 너무 형편없어요. 이건 검사소에서 3등품도 못 받을 물건이에요. 우리가 만든 카마스가 내지뿐만 아니라 대만국까지 수출되는데 이런 물건을 보낼 수가 있겠어요? 그래서 1시간 20분 걸린 김희춘 군에게 1등을 주도록 하겠습니다."

"와아! 1등이다. 떡순아, 우리가 1등이여."

복순이 언니가 내 손을 잡고 깡충깡충 뛰었어요. 누가 보면 복순이 언니가 선수인 줄 알겠어요. 너무 좋아 눈물이 비죽비죽 새어 나오네요.

"가마니 짜기 올림픽? 조선 사람들을 죄다 바보로 아는감?"

순만이 삼촌이에요. 삼촌은 사람들 틈을 비집고 단상을 향해 성큼성큼 걸어갔어요. 그러고는 차분하고 낮은 목소리로 말했어요.

"가마니는 뭔 놈의 가마니여? 가마닌지 카마슨지 만든다고 이런 고사리 같은 어린 손도 빌려야겠냐?"

면장 아저씨는 귀까지 빨개졌네요. 아버지가 뛰어가서 삼촌의 팔을 붙잡았지만, 소용없어요.

"삼식이 아자씨, 1등 허니 좋아유? 이게 무슨 경사라고 의관까지 갖추고 나오셨어유. 그렇게 일본 놈한테 가마니 짜서 바치니 좋냐구유? 이 가마니에 담는 쌀이며 콩이며, 여기 양껏 먹어본 사람 있으면 한번 나와 봐유."

사람들이 웅성거렸어요.

"순만이 말이 백번 맞는 말이구먼."

"맞어유!"

"우리 조선 사람들이 뼈빠지게 일해서 농사지으면 뭐혀? 우리 땅 다 빼앗고 비싼 소작료로 다 가져가고 나면 우리는 쫄쫄 굶잖여."

"그것도 모자라서 푼돈 벌이 명목으로 가마니까지 짜 주는 판이니 이게 뭐냔 말이여?"

덩그렁 땡땡, 땡땡, 땡땡.

면장 아저씨가 다급하게 종을 흔들었어요.

"다들 조용히 하시오. 카마스 올림픽은 다 여러분을 위한 것입니다. 농한기 농가 소출을 올리고, 어린이들의 근로정신 함양에도 지극히 ……."

"말이 되는 소리를 혀. 소출은 얼어 죽을. 그렇게 좋은 것이믄, 일본 사람들은 왜 안 허냐. 일본 아그들 근로정신은 함양 안 해도 되간디?"

삼촌의 말에 운동장은 벌집을 쑤셔 놓은 듯 웅성거리기 시작했어요. 그때 1등한 삼식이 아저씨가 들고 있던 가마니를 패대기치며 말했어요.

"자네 말이 맞네. 광대 노릇 한 듯이 낯부끄럽구먼. 내내 허리 한번 펴 볼 새도 없이 농사를 지었지. 일한 만큼 바랄 수 없다면 최소한 배는 곯지 말아야지. 자식 입에 밥 한 톨 넣어 보지도 못할 곡식 농사, 누구를 위해 지었는감. 게다가 그 곡식들 뺏어가기 좋으라고 가마니까지 짜다 바쳤으니."

삼식이 아저씨 눈에서 반짝, 눈물이 비쳤어요. 다른 사람들도 저마다 한마디씩 거들었어요.

"그려. 곡식이든 돈이든 남아야 할 거 아녀. 날강도들처럼 다 들치기해 가고, 우리는 소나무 껍질 벗겨서 겨우 목구멍에 풀칠하는디.”

“쌀 한 가마니면 온 동네가 잔치를 벌이고도 남겠구먼!”

웅성거리던 소리는 점점 고함 소리로 변했고, 몇 명은 주먹을 쥐어 높이 치켜들었어요. 그러고는 누가 먼저랄 것도 없이 외치기 시작했어요.

“일본 놈들 물러가라, 우리 쌀 내놓아라!”

복순이 언니가 줄줄 울면서 말했어요.

“떡순아, 우리가 바보였어. 가마니 짜면 부자 된다는 소리를 곧이 믿었구먼.”

가마니를 많이 만들면 만들수록 우리 쌀이며 콩이며 죄다 일본 사람들에게 가는 거였다니요. 나도 눈물이 났지만 꾹 참았어요. 선수 됐다고 좋아한 내가 부끄러워졌어요. 오빠는 벌써 사람들 틈에 끼어 ‘일본은 물러가라!’ 목이 터져라 외치고 있었지요.

“빠가야로(바보 같은 녀석), 조센징!”

구로다 상이 소리치며 칼을 빼 들었어요. 햇빛에 비친 칼날은 번뜩거려서 바로 쳐다보지도 못할 지경이에요. 천천히 단상을 내려온 구로다 상의 칼끝이 삼촌을 향하고 있어요.

"감사할 줄 모르는 미천한 민족이군. 대일본제국의 천황 폐하께서 너희를 위해 좁쌀이며 안남미를 수입해 내려주시거늘."

"필요 없다. 난 조선인이니, 조선 땅에서 난 것을 먹으면 된다. 수입한 쌀이며 잡곡은 너희들이나 먹어라. 더 이상 우리가 농사지은 것들을 일본으로 빼돌리지 말고!"

칼이 무섭지도 않은지 삼촌 목소리는 당당했어요. 오히려 구로다 상이 부들부들 떨었지요. 구로다 상이 칼을 높이 들었다가 다시 내리치려는 순간 나는 숨이 막혔어요. 그런데 정작 쓰러진 건 구로다 상이었어요. 아버지 손에는 면장 아저씨가 쳤던 큰 종이 들려 있네요.

"산목숨은 살아야지 싶어서 몇 푼 벌어 보겠다고 밤새 애들까지 일을 시켰구먼. 그런 우리들한테 칼까지 겨누는 니들이 정녕 사람이냐?"

아버지 고함 소리를 듣고 달려온 일본 경찰들이 곤봉으로 아버지와 삼촌을 마구 때려요. 아버지와 삼촌 얼굴에서 피가 흘러요.

"우리는 하라는 대로 한 죄밖에 없구먼. 그런데 이제 칼에 곤봉까지 휘두르냐? 이 도적떼들아!"

엄마가 돌을 주워 경찰들을 향해 던지자 흩어져 있던 사람들도 돌과 지게막대기를 들었어요.

"일본 놈들 물러가라! 여기는 조선 땅이다!"

"일도 안 하고 쌀밥만 먹는 버러지 같은 놈들아, 우리 곡식 내놓아라!"

복순이 언니와 나는 쪼그려 앉아서 부지런히 돌을 찾았어요. 그러고는 우리가 짠 가마니에다 돌을 담아 날랐어요. 엄마, 오빠, 영자네 엄마가 그 돌을 던졌어요. 나랑 복순이 언니, 영자와 영자의 큰언니는 가마니 짤 때보다 손이 더 척척 맞아요.

"두고 보자, 조센징들!"

조선 사람들 기세에 눌린 일본 경찰들이 주춤주춤 뒤로 물러났어요. 경찰들은 쓰러진 구로다 상을 등에 업고 서둘러 도망치듯 운동장을 빠져나갔어요.

"와아, 만세! 우리가 이겼다! 떡순아, 우리가 이겼구먼."

언니랑 나는 손을 마주잡고 가마니 올림픽 1등을 발표할 때보다 더 높이 껑충껑충 뛰었답니다. 어머니 등에 있던 막둥이는 그제야 '앙' 울음을 터뜨렸어요. 아버지와 삼촌은 서로의 얼굴에 흐르는 피를 닦아주며 말없이 울고 있네요.

날아라 고무신

정민영

평소 마블 영화와 액션 영화를 무척 좋아하는,
두 아들을 둔 엄마입니다.

날아라 고무신

글 · 정민영 | 그림 · 이세언, 이승철

짜그작, 짜그작.

점이가 생쌀을 씹고 있습니다. 어찌나 맛있게 먹는지 옆에 있는 신랑 한도치 입속에 군침이 돌 정도입니다. 점이는 뱃속에 아기가 있습니다. 열일곱 꽃다운 점이는 한창 입덧을 하고 있는데 오로지 생쌀 생각만 나니 답답할 노릇입니다. 하얀 쌀 보기가 누런 금덩이 보기만큼 어려운 때입니다. 점이는 부지깽이처럼 마른 몸에 제대로 먹지 못해 건드리기만 해도 쓰러질 것만 같습니다.

가뭄이 심해서 농사짓기가 무척 어려운 데다가 힘들게 수확한 얼마 안 되는 쌀마저 일본인들에게 대부분 빼앗겼기 때문에, 농민들은 쌀밥은커녕 생쌀조차 구경하기 힘들었습니다. 부족한 식량은 일본이 배급해 준 만주 좁쌀이나 풀뿌리로 때워야 했지요. 신랑 도치는 입덧하는 점이를 위해 쉬지 않고 일을 해서 품삯 대신 귀한 쌀을 한 줌씩 손에 쥐여 주었습니다.

점이는 얼굴에 큰 점을 가지고 태어나서 이름도 '점이'가 되었습니다. 그래서 앞으로 태어날 아기가 자기와 같이 큰 점을 갖고 태어날까 걱정입니다. 배가 불러올수록 뱃속 아기는 점이가 깜짝 놀랄 정도로 힘차고 강한 발차기를 했습니다. 가만히 배를 쳐다보고 있으면 배를 뚫고 발가락이 나오는 게 아닐까 생각될 정도였으니까요. 특히 점이가 생쌀을 먹을 때면 뱃속 아기가 고맙다는 인사를 하듯 더욱더 힘차게 발차기를 했습니다. 그렇게 귀한 쌀을 먹고 이듬해 봄, 점이는 아들 백의를 낳았습니다.

갓난아기 얼굴에는 다행히 큰 점은 없었습니다. 대신 발바닥 한가운데에 크고 까만 점이 있었는데, 누가 일부러 그려 넣은 것 같은 동그랗고 선명한 점이었습니다. 아기가 버둥거리며 울 때면 발바닥에 있는 까만 점을 떼어 달라고 우는 것처럼 보였습니다.

"아그가 뱃속에서 겁나게 발차기를 했다더만, 워메! 뭔 아그 발이 고로코롬 크고 두툼하다요?"

아기를 보러 온 사람들은 놀라워하며 뒤에서 수군거렸습니다. 그래도 점이와 도치는 천지신명께 진심으로 감사했습니다. 그저 아무 탈 없이 잘 자라 주기만을 바랄 뿐이었지요.

하지만 백의는 자라면서 여느 사내아이와는 달랐습니다. 잘 움직이지도 않고 말수도 적고 몸집도 작고 항상 기운이 없어서 백의가 커 갈수록 점이의 걱정은 커져만 갔습니다. 그도 그럴 것이 동무들과 놀 때면 어김없이 울고 들어오기 일쑤였습니다. 게다가 몸집에 맞지 않게 너무 큰 발은 버겁고 불쌍해 보였습니다.

탐스런 수국이 핀 초여름 날이었어요. 동무 억동이가 백의를 찾아왔습니다.

"백의야, 산에 같이 안 갈텨? 경자가 밤새 기침을 한다고 엄니가 산에서 보리수 열매를 따 오라는디 혼자 가기 심심하니께."

장난기 가득한 얼굴에 버짐이 잔뜩 핀 억동이는 빨리 가자며 백의를 재촉했습니다. 그날따라 유난히 기운이 없던 백의는 누워 있고 싶었지만 마지못해 억동이를 따라나섰습니다.

백의가 사는 마을은 지리산 초입에 있는 작고 외진 마을입니다. 산에 올라가니 이름 모를 나무들과 풀들, 열매들이 지천이라 백의는 정신이 하나도 없습니다. 크고 무거운 발을 질질 끌며 열심히 쫓아가 보지만, 나뭇가지로 만든 칼을 휘두르며 뛰어다니는 억동이는 몇 배나 앞서 있습니다. 그러다 어느 순간 억동이가 보이지 않았습니다. 백의는 덜컥 겁이 났습니다. 산에 자주 놀러오는 억동이와 달리 백의는 왔던 길을 찾을 수 없었습니다.

"억동아, 억동아, 어디 있는 거여? 나 무섭단 말여!"

백의는 산길을 헤매다가 오히려 더 깊은 숲으로 들어가 버렸습니다. 주저앉아 울고 싶은 순간, 갑자기 백의의 눈앞에 머리카락도 하얗고 눈썹도 하얀 할아버지가 나타났습니다. 얼굴에 굵고 선명한 주름이 있고 무서울 만큼 키가 큰 할아버지였습니다. 할아버지는 백의에게 물었습니다.

"네 발바닥에 커다란 점이 있느냐?"

"그걸 어떻게 아셨다요. 저를 아시는가요?"

백의는 자신을 뚫어져라 쳐다보는 할아버지 눈빛에 놀라 생각할 틈도 없이 대답을 했습니다.

"오래 전부터 여기서 너를 기다려 왔다. 너에게 줄 것이 있구나."

할아버지는 검정색 고무신 한 켤레를 백의에게 내밀었습니다. 반질반질 윤기가 나는 새 고무신이었습니다. 백의는 헤지고 군데군데 구멍이 난 자신의 고무신을 내려다보았습니다. 발이 큰 백의를 위해 아버지가 신다가 물려준 낡고 커다란 고무신이었는데, 한쪽은 유난히 큰 엄지발가락이 삐죽 삐져나와 있었습니다. 백의는 깨끗한 새 고무신이 마음에 들었지만, 낯선 할아버지가 겁나고 두려워서 선뜻 고무신을 받기가 망설여졌습니다.

"겁낼 것 없다, 얘야! 그동안 너는 네 몸 안의 힘을 거의 쓰지 않고 살아왔다. 이제 그 고무신이 네 몸 안에 잠자고 있던 큰 힘을 세상 밖으로 꺼내 줄 것이다. 단 그 힘을 정의롭고 올바른 곳에 써야 한다!"

할아버지는 나지막하지만 굳센 목소리로 말했습니다. 그리고 고무신을 백의의 발 앞에 놓아 주었는데, 신기하게도 할아버지의 손등에 아기 주먹만 한 커다란 점이 있었습니다.

'나헌티 큰 힘이 있다고? 정의롭고 올바른 곳에 쓰라는 말은 또 뭔 뜻이여? 내 발에 맞는 고무신일 리가 없으니께 그냥

한번 어떤가 신어나 보자고.'

백의가 고무신에 발을 넣는 순간, 이게 웬일입니까! 머릿속에 번개가 친 것처럼 갑자기 정신이 번쩍 들더니 엄지발가락에서부터 찌릿찌릿한 힘이 느껴졌습니다. 그 힘은 백의의 다리를 타고 온몸으로 퍼지면서 더 크고 강한 힘으로 바뀌었습니다. 불덩이처럼 뜨거워진 힘이 백의의 몸을 뚫고 나갈 듯이 꿈틀댔습니다. 늘 힘이 없고 주눅이 들었던 백의의 눈빛은 이제껏 한 번도 보지 못한 광채를 내뿜었습니다. 백의는 자기도 모르게 두 주먹을 불끈 쥐었습니다. 그뿐만이 아닙니다. 발가락 하나하나를 감싸듯이 부드러우면서도 딱 들어맞는 고무신은 태어날 때부터 쭉 신고 있었던 것처럼 편안한 느낌이 들어 벗기 싫을 정도였습니다. 마치 누군가가 백의를 위해 미리 만들어 놓은 신발 같았습니다.

"이 고무신을 신고 산을 내려가거라. 내가 당부한 말 명심하고."

고무신에 정신을 빼앗겼던 백의가 고개를 들어 보니 어느새 할아버지는 사라지고 없었습니다. 때마침 억동이가 백의 앞에 나타났습니다. 억동이는 산에서 딴 보리수 열매를 입 안에 가득 넣고 오물거리며 빨리 집에 가자고 앞장서서 산길을 내려갔습니다. 검정 고무신을 신은 백의는 걷는 건지 나는 건지 알 수 없을 만큼 빠르게 미끄러지듯이 산을 내려갔습니다.

"백의야, 같이 가자고! 너 갑자기 뭔 일이냐잉?"

소리를 지르며 쫓아오는 억동이는 이제 보이지도 않습니다. 그야말로 눈 깜짝할 순간이었습니다. 마을에 들어서자 골목에서 놀고 있던 동네 아이들이 백의를 보았습니다.

"백의는 대발이래요오. 대발이래요오."

아이들은 여느 때처럼 백의를 놀렸습니다. 백의가 그런 아이들을 가만히 쳐다보았습니다.

"저, 저그 자가 왜 그런디야? 백의가 좀 이상한디?"

앞장서서 놀리던 상구가 작은 소리로 소곤거렸습니다.

"그러게 말이여. 눈빛이 무서운 것이 딴사람 같으야! 나는 그만 갈란다. 늦게 들어가면 엄니한테 혼나니께."

덩치가 산만 한 삼식이가 슬그머니 뒤로 물러서자 다른 아이들도 너 나 할 것 없이 슬금슬금 꽁무니를 뺐습니다. 백의는 아이들이 자기를 보고 도망가는 것이 신기했습니다.

집에 돌아온 백의는 행여나 누가 볼세라 툇마루 아래 깊숙한 곳에 검정 고무신을 숨겨놓고 몇 번이나 잘 있는지 살폈습니다. 어찌나 두근두근 가슴이 뛰는지, 그날 밤 백의는 할아버지와 검정 고무신 생각에 뜬눈으로 밤을 지새웠습니다.

슉! 슈욱! 슈잉!
아무도 없는 깊은 숲속에서 매서운 눈빛의 백의가 나무를 향해 발차기를 하고 있습니다. 아주 사뿐히 뛰어올라 나무를 찹니다. 건장한 어른 세 명이 팔을 벌려야만 안을 수 있는 커다란 나무가 잠시 후 '쩍' 소리를 내며 쓰러집니다. 나무가 쓰러지는 소리에 온 산이 흔들립니다. 백의는 놀라지도 않고 다시 사뿐히 뛰어서 높은 나뭇가지 위로 몸을 날립니다. 백의는 자유자재로 하늘을 날 수도 있고, 무거운 바위도 종이처럼 가볍게 들 수 있는 큰 힘을 갖게 되었습니다. 검정 고무신을 신은 열두 살 백의는 이제 무서울 것이 없습니다.

시커먼 구름이 곧 비를 뿌릴 것 같은 우중충한 날입니다. 공출을 받으러 온 일본 경찰들이 집집마다 돌아다니며 숨겨 놓은 쌀이 있는지 낫으로 하나하나 찔러보고 있습니다.
"샅샅이 살펴라!"
눈을 희번덕거리며 일본 경찰 대장이 소리쳤습니다. 백의네 집으로 들어온 일본 경찰들이 자기 집인 양 구둣발을 쿵쾅거리며 집안 곳곳을 헤집고 다닙니다.

"여기, 쌀이 있습니다!"

다락에서 누군가 소리쳤습니다. 칼을 찬 일본 경찰 대장은 그럴 줄 알았다는 표정으로 뱀처럼 찢어진 눈을 더 가늘게 뜨고는 다락으로 올라갔습니다.

"그건 내년에 농사지을 볍씨구만이라."

도치가 놀라서 뒤따라가며 말했습니다. 다락에서 볍씨를 가지고 내려온 일본 경찰들이 백의네 세간을 마당으로 마구 던집니다.

"천황 폐하가 얼마나 큰 은혜를 베푸시는 줄도 모르고 공출할 쌀을 다락에 숨겨 놔? 이건 명백하게 천황 폐하를 모독하는 행위다."

일본 경찰 대장이 도치를 노려보며 소리쳤습니다.

"끌고 가라!"

일본 경찰 대장의 명령에 도치가 아무런 저항도 못하고 끌려갑니다. 끌려가는 도치는 걱정하지 말라며 백의에게 웃음을 지어 보입니다. 아버지의 힘없는 웃음에 백의는 가슴이 먹먹합니다. 금방이라도 터질 것 같은 울음을 참느라 입술을 꽉 깨물었습니다.

"제발, 한 번만 용서해 주쇼잉."

점이가 일본 경찰 다리에 울면서 매달려 보지만 쏟아지는 건 발길질뿐입니다.

"이놈들아! 니넘들 땜시 가진 땅 다 뺏기고 그나마 남의 땅에서 농사짓는 건디, 소작료에 빚만 잔뜩이라 굶기를 밥먹듯이 허는디 은혜는 무슨 얼어 죽을 은혜냐, 이놈들아!"

점이가 악을 쓰며 쫓아갔습니다. 그런 점이를 일본 경찰은 사정없이 발로 걷어찹니다. 가녀린 점이가 맥없이 고꾸라집니다. 백의가 쓰러진 어머니를 부축하며 일본 경찰을 노려봅니다.

"아이고, 이거이 뭔 일이다냐? 어디로 끌고 가는지 당최 알 수가 있어야제."

"어찌 안다요? 그걸. 하도 징한 넘들인게!"

동네 사람들이 백의네 집 앞에서 저마다 걱정하며 말했습니다.

"일본이 중국인지 미국인지 허고 전쟁헌다고 이 난리를 친다 안 하요. 집에 있는 수저도 다 빼앗아 가고. 인자는 내년에 농사지을 볍씨까지 모조리 가져가 버린당께요."

옆집 사는 억동이 어머니가 근심 가득한 얼굴로 한마디 거들었습니다. 그때 백의가 끌려가는 아버지의 뒷모습을 바라보다 어디론가 사라졌습니다.

팔(八)자 모양의 콧수염을 한 일본 경찰 대장과 경찰들이 도치와 마을 아저씨들 몇 명을 꽁꽁 묶어 군용 트럭 짐 싣는 곳에 밀쳐 넣었습니다. 덜컹덜컹, 쌀자루와 사람들을 실은 트럭이 시커먼 연기를 내뿜으며 읍내 경찰서를 향해 출발합니다.

"백의 아부지요!"

점이와 마을 사람들이 울며불며 트럭을 쫓았습니다. 트럭은 곡예를 하듯 고갯길을 덜컹거리며 달립니다.

"오메, 저, 저것이 뭐시여?"

구름 가득한 하늘에 희끗한 것이 번쩍하더니 트럭 주위로 무언가가 내리꽂혔습니다. 쿵! 끼이익. 갑자기 커다란 트럭이 누군가 잡아당기기라도 한 듯이 요란한 소리를 내며 멈췄습니다. 트럭이 서 있는 땅이 큰 충격으로 움푹 패었습니다. 차에 실었던 쌀자루들이 좁은 흙길 위로 와르르 떨어집니다. 뒤쫓아온 점이와 마을 사람들은 부리나케 쌀자루를 챙깁니다.

휘익! 슝슝! 무언가가 엄청나게 빠른 속도로 왔다갔다하더니 마을 사람들을 한 명씩 다치지 않게 안전한 곳에 내려놓습니다. 갑자기 트럭이 멈춰 선 충격에 일본 경찰들은 머리를 부딪치고 코피가 나고 난리법석입니다. 일본 경찰 대장 이마에도 피가 흐릅니다.

"무슨 일이야? 빨리 출발해!"

치잇, 치이잇. 바퀴가 돌고 있지만 차는 움직이지 않습니다. 운전사가 출발하려고 계속 시동을 걸어보지만 차는 꿈쩍도 하지 않습니다. 백의가 엄지발가락으로 트럭을 붙잡고 있는 줄 알 턱이 없으니까요.

"아무래도 누군가 차를 막고 있는 것 같습니다."

"뭐야? 누가 감히 대일본제국의 트럭이 가는 길을 막아! 내려서 확인해 봐!"

"하이!"

운전석에 있던 일본 경찰이 차에서 내렸습니다. 픽! 바로 그 순간, 뭔가가 번쩍하더니 순식간에 일본 경찰의 몸이 허공으로 붕 떠올랐습니다. 백의가 하늘을 번개처럼 빠르게 오가며 일본 경찰의 몸을 들어올려 바닥에 힘껏 패대기를 칩니다.

"으아악!"

그리고 다시 엄지발가락으로 들어올려 뱅글뱅글 돌리다가 저 멀리 지리산 깊은 계곡으로 날려 버립니다. 눈 깜짝할 순간 일본 경찰을 날려 버리는 광경을 마을 사람들이 넋이 나간 듯 입을 벌린 채 쳐다보고 있습니다.

"도, 도대체, 저게 뭐야?"

차에서 내린 일본 경찰 대장이 허둥지둥 도망을 칩니다.

백의가 그 순간을 놓치지 않고 고무신을 벗어 날렸습니다. 고무신이 뱅글뱅글 원을 그리듯 돌며 일본 경찰 대장을 때리고는 백의 발에 다시 되돌아와 저절로 신겨졌습니다. 고무신에 맞은 일본 경찰 대장이 픽 쓰러졌습니다.

"와아, 백의 만세! 최고다, 백의!"

마을 사람들이 환호성을 지릅니다. 억동이는 너무나 통쾌하고 신이 나서 눈물이 나올 뻔했습니다. 자신이 백의라도 된 것처럼 마구마구 발차기까지 흉내내어 봅니다. 백의가 늠름한 모습으로 마을 사람들을 향해 함박웃음을 짓습니다. 그러고는 쓰러져 있는 일본 경찰 대장과 경찰들을 발차기 한 방으로 일본 앞바다까지 훅 날려 버렸습니다.

"백의야, 앞으로 어떻게 살고 싶으냐?"

점이가 물었습니다. 백의는 검정 고무신을 바라보며 할아버지가 말씀하신 정의롭고 올바른 것에 대해 생각했습니다.

"지금은 나라가 힘든 시기이니 나라를 위해 무언가 할 수 있다면 기쁘고 자랑스러울 것 같습니다."

백의는 검정 고무신을 정성스레 닦아 신었습니다. 결의에 찬 백의의 눈빛이 반짝입니다.

백의가 마을에서 사라진 후 여기저기에서 신기한 일들이 많이 일어났습니다. 일본에 보낼 쌀을 가득 싣고 군산으로 가던 열차가 탈선을 했는데 싣고 있던 쌀가마니들이 모두 없어졌습니다. 얼마 되지 않아 황해도와 평안도의 굶주린 마을에는 쌀가마니들이 집집마다 놓여 있었습니다. 강원도에서는 트럭에 실려 어디론가 강제로 끌려가던 어린 소녀들이 무사히 집으로 돌아왔습니다. 부당하게 많은 재산을 모았던 친일파들의 재산이 감쪽같이 사라지기도 했지요. 누군가 광복군에서 백의를 보았다는 이도 있었습니다. 하지만 백의를 만난 사람은 아무도 없었습니다.

  70년 후입니다. 엄청나게 큰 발에 머리카락도 눈썹도 하얀 할아버지가 검정색 운동화를 들고 누군가를 기다리고 있습니다. 발바닥이 간지러운지 신을 벗고 긁는데 발바닥에 커다란 점이 보이네요. 저기 멀리서 한 어린이가 힘없이 걸어오고 있습니다. 그 순간, 할아버지의 눈빛이 빛났습니다. 과연 할아버지는 그 친구에게 검정색 운동화를 줄까요?

대장촌 아이들

박은선

대학 강사로 15년 간 재직했으며,
지금은 동화 작가로서의 삶이 궁금한 사람입니다.

대장촌 아이들

글 · 박은선 | 그림 · 고운산

우리 마을 대장촌[4]은 참 좋은 마을입니다. 다른 지역에는
조선인 마을과 일본인 마을이 따로 있지만 대장촌에서는 조
선인과 일본인이 함께 어울려 삽니다. 일본인들은 마을에 큰
일이 있을 때 앞장서서 열심히 일하는 좋은 사람들입니다. 또
얼마나 깨끗한지 모릅니다. 집 앞에 놓인 돌 하나까지도 반짝
반짝 윤이 날 정도입니다. 지금으로부터 4년 전인 1915년에

---

4) 현재 이름은 춘포면(春浦面)으로, 전라북도 익산시에 속한 지역이다. 일제강점기에는 호
소카와 대농장이 들어섰던 곳이다.

우리 마을은 조선에서 깨끗하고 살기 좋은 곳으로 지정돼 총독부로부터 '모범 마을' 표창까지 받았습니다. 나는 이런 우리 마을이 정말 좋습니다.

우리 옆집은 료타의 집입니다. 료타는 나와 열 살 동갑내기로 조선에서 태어난 일본 아이입니다. 료타는 조선에서 태어나 자랐기에 조선말을 곧잘 합니다. 료타의 아버지는 다나카 아저씨입니다. 다나카 아저씨는 우리 아버지처럼 호소카와 농장에서 일하는 소작농입니다. 같은 소작농이지만 우리 집보다 료타의 집이 더 크고 좋습니다. 아마 일본 사람이어서 조선 사람인 우리 아버지보다 돈을 더 많이 벌기 때문이겠지요. 다나카 아저씨와 료타는 우리 가족에게 늘 친절히 대했습니다. 나는 료타와 친했고 우리는 자주 함께 어울렸습니다.

3월 중순이 다 되었는데도 아직 바람이 차 코끝이 시립니다. 그래도 바람이 불어 연 날리기에 안성맞춤인 날입니다. 나는 아버지가 만들어 준 연을 가지고 료타 네로 갔습니다.

"료타야, 노올자."

료타 어머니가 나오셔서 집으로 들어오라는 손짓을 했습

니다. 료타 어머니는 조선말을 잘 못해서 손짓으로 말을 합니다. 나는 집안으로 들어섰습니다.

"항쭌, 왔어?"

료타가 환하게 웃으며 나를 맞이했습니다.

"응. 같이 나가서 놀지 그랴? 우리 아부지가 만들어 주신 연도 가지고 왔는디."

"오늘은 추우니께 집에서 차 마시고 잡지 보면서 노르자."

마침 료타의 어머니가 일본 상점에서 사 오신 과자와 차를 내주셨습니다. 과자를 한 입 베어 물었는데 얼마나 달콤하고 맛있던지, 료타가 이웃집에 살아서 참 다행이라는 생각이 들었습니다.

"과자가 정말 맛있다야. 그나저나 연 보여줄랑게 다 먹고 마당으로 나가자."

나는 아버지가 만들어 주신 방패연을 자랑하고 싶어 어서 밖으로 나가자고 재촉했습니다. 료타는 따뜻한 코타츠(일본식 난로) 곁을 떠나기 싫은 눈치였지만, 방패연이 궁금한지 못 이기는 척 몸을 일으켰습니다.

"그래, 보러 가자."

우리 둘은 마당으로 나왔습니다. 연을 본 료타는 눈이 휘

둥그레졌습니다.

"어므청 크고 좋다야. 항쭌은 좋겠다! 우리 오또상(아버지)은 타코(연)를 못 만드는디."

나는 어깨가 으쓱해졌습니다. 이렇게 멋진 연을 만들어 주신 아버지가 자랑스러웠습니다.

"우리 아부지는 이런 거 뚝딱 만들어 주시는디. 마음에 들면 이거 너 가져."

맛있는 과자도 얻어먹었고 료타와 더 친하게 지내고 싶은 마음에 나는 선뜻 료타에게 연을 건넸습니다.

"아리가또(고마워), 항쭌. 진짜 아리가또."

료타가 고개를 숙이며 연신 고맙다는 말을 할 때 내 어깨는 아까보다 더 으쓱해졌습니다. 그때 대문으로 다나카 아저씨가 들어왔습니다. 긴 외투 차림인 걸 보니 외출했다 돌아오는 참인가 봅니다. 나는 언제나처럼 반갑게 인사를 했습니다.

"안녕하신감요? 어디 다녀오시나벼요."

"……."

웬일인지 다나카 아저씨는 평소와 다르게 인사도 없고 말이 없습니다. 내 인사를 못 들었나 싶어 나는 더 크게 인사했습니다.

"아저씨, 안녕하셔요?"

그러자 다나카 아저씨는 나를 힐끗 보더니 료타를 야단치기 시작했습니다.

"료타, 너 하라는 공부는 다 하고 노는 것이냐? 어서 들어가지 못해?"

나는 평소와 다른 다나카 아저씨의 모습에 놀라 집에 간다는 얘기도 못하고 서둘러 료타 네 마당을 빠져나왔습니다.

'다나카 아저씨가 대체 왜 저러시지?'

고개를 갸웃거리며 집에 돌아오는 나를 보고 아버지가 물었습니다.

"아까 연 가지고 나가더니 왜 안 들고 왔냐?"

나는 기어들어 가는 목소리로 겨우 대답했습니다.

"료타가 너무 부러워해서 선물로 줬어요. 지는 아부지가 하나 더 만들어 주시면 되니께요."

"그랴, 잘했다. 이웃끼리 잘 지내야지!"

료타에게 방패연을 주고 와서 혼날까 봐 걱정했는데 잘했다는 아버지의 말씀에 마음이 가벼워졌습니다.

오늘도 바람이 불어 다행입니다. 지난번 료타와 연을 못

날려 아쉬운 마음에 아버지를 졸라 새로운 연을 받았습니다. 이번에는 지난번보다 더 튼튼하고 큰 연입니다. 새로 만든 연을 들고 나서려는데 택규와 무진이가 왔습니다. 택규는 나를 보자마자 숨 돌릴 틈도 없이 이야기를 시작했습니다.

"한춘아, 너 얘기 들었냐? 경성에서 '대한 독립 만세'를 외치는 큰 시위가 있었는디 그 시위대를 향해서 경찰들이 총을 쏘며 막았디야. 조선인들을 싹 다 잡아가고 때리고 그랬다는디. 경성에 사는 친척이 와서 여기는 괜찮냐고 물어봤어."

"총이라니 듣기만 해도 무섭지 않냐? 우리 마을은 그런 일이 없으니께 괜찮겄지? 여기 일본 사람들은 우리한테 나쁘게 하지는 않잖여?"

무진이도 두려운 듯 큰 눈을 굴리며 말했습니다. 나는 택규와 무진이에게 별일은 없을 거라고 아무 일도 아닌 듯 이야기했습니다.

"뭔 일인들 나겄냐? 다 착한 사람들인디. 내 친구 료타도 엄청 착해야."

"그놈의 료타 타령은. 오늘은 료타한테 놀러 안 가냐?"

택규는 못마땅한 표정으로 말했습니다.

"안 그래도 갈 참이었다. 나는 이제 료타랑 연 날리러 가야

졌다."

나는 아버지가 새로 만들어 준 연을 들고 료타 네로 향했습니다. 늘 그랬던 것처럼 료타 네 대문 앞에서 료타를 불렀습니다.

"료타야, 노올자!"

아무런 대답이 없습니다.

'이상하다! 왜 아무런 대답이 없지? 료타 어머니는 늘 집에 계시는데.'

다시 한 번 료타를 불렀습니다. 역시 대답이 없습니다. 나는 하는 수 없이 혼자 터덜터덜 들녘으로 향했습니다.

'에이, 료타랑 같이 연 날리고 싶었는데. 어디 간 거지?'

들녘을 향해 걷고 있는데 호소카와 농장 앞에 여러 명의 일본인들이 모여 있는 게 보였습니다. 무슨 일인가 궁금하여 다가갔습니다. 그 중 한 명이 나를 보더니 버럭 고함을 질렀습니다.

"저리 가라! 조센징이 있을 곳이 아니다."

나는 움찔하여 뒷걸음을 쳤습니다. 얼핏 보니 그들 사이에 료타의 아버지도 있었습니다. 사람들 손에는 손도끼, 갈고리, 몽둥이가 들려 있었습니다. 다나카 아저씨는 일본인 무리의

가운데서 기합 소리와 함께 다른 사람들에게 손도끼를 휘둘러 보였습니다. 번뜩이는 눈빛으로 손도끼를 허공으로 가르는 아저씨의 모습을 보자 오금이 저려 왔습니다.

나는 무서운 마음에 서둘러 집으로 돌아왔습니다. 마침 집에는 아버지가 있었습니다.

"아부지, 혹시 오늘 호소카와 농장에 무슨 일 있었당가요?"

"글씨, 딱히 별다른 일은 없었는디. 어찌 그러냐?"

"아까 연 날리러 들판으로 가는디 농장 앞에 일본인들이 엄청 많이 모여 있던디요. 무슨 일인지 다나카 아저씨는 손도끼를 들고 있었어라. 아부지, 별일 없었던 것 맞지요?"

"어딘지 좀 수상하다 했더니만. 경성에서 만세 운동이 크게 나고 점점 조선 팔도 여기저기로 번진다니, 우리 마을에서도 만세 운동이 일어날까 봐 그놈들이 여기 조선 사람들을 겁박하려는 것 같더라고."

"근디 왜 조선 사람들이 독립 만세를 외치는디요? 그런 거안 하면 일본 사람들도 우리한테 나쁘게 안 할 텐디요?"

내 말을 들은 아버지는 내 얼굴을 물끄러미 바라보면서 한참을 깊은 생각에 잠겼습니다. 나는 그런 아버지가 낯설어 방바닥만 뚫어져라 쳐다보았습니다.

"한춘아."

아버지가 나를 불렀습니다.

"지금 우리가 사는 곳이 어디냐?"

"어디긴요? 조선이죠."

당연한 걸 묻는 아버지가 조금 이상하다고 생각했습니다.

"그렇지, 조선이지! 그러면 이 조선은 누구의 땅이냐?"

"아부지도 참, 조선인의 땅이니께 조선이라 하지 않었어요? 당연한 걸 왜 자꾸 물으신당가요?"

"너 같은 아그들도 아는 그 당연한 것이 지금은 당연한 것이 아니니께 조선 사람들이 독립 만세를 외치는 것이다. 왜놈들이 우리 땅에 들어와서 우리 사는 곳을 강제로 빼앗고 마음대로 부리잖여. 그러니 우리 땅과 자유를 되찾으려고 독립을 외치는 것이지."

옆에서 잠자코 듣기만 하던 어머니가 말씀하셨습니다.

"우리 마을에 왜인끼리 무슨 단체를 만들었다고 하던디요. 왜인이 조선에 있는 농장에 일하러 오려면 일본에서 군대를 꼭 다녀와야 한다던디, 그런 왜놈들이 모여 자위단인지 자경단인지를 만들어서 조선 사람들을 감시한다 안 하요. 한춘아, 위험하니께 밤늦게 나돌아다니지 마라야."

"네, 엄니."

그날 밤, 나는 낮에 보았던 다나카 아저씨의 싸늘한 눈빛과 날카로운 손도끼를 허공에 가르던 모습이 생각나 잠을 이루지 못했습니다.

다음날, 택규와 무진이를 만나러 집을 나서다 대문 앞에 찢기고 구겨진 연이 놓여 있는 것을 보았습니다. 내가 료타에게 주었던 그 방패연입니다. 료타가 연을 날리다 나무에 걸려 찢어진 건가 이리저리 살펴보았지만, 아무래도 그런 것 같지는 않았습니다. 누군가 일부러 댓살을 부러뜨리고 찢어놓은 것이 분명했습니다. 이게 어찌된 일인지 묻고 싶어서 료타 네 집 앞에서 큰소리로 료타를 불렀습니다. 그때 다나카 아저씨가 집안에서 나왔습니다.

"뭐냐? 네가 왜 우리집 앞에서 서성이고 있는 것이냐?"

다나카 아저씨의 손에는 어제 보았던 그 손도끼가 들려 있었습니다. 나는 그만 다리가 후들거리고 오금이 저려와 아무말도 할 수 없었습니다.

"……."

"왜 대답이 없어? 왜 여기에 있냐니까? 더이상 우리집에 오지 마라. 앞으로 료타도 만날 수 없을 거다."

다나카 아저씨의 고함 소리에 놀라 나는 후다닥 달음질을 쳤습니다. 마을 어귀에서 나를 기다리고 있던 택규와 무진이는 헐레벌떡 뛰어오는 나를 보고 무슨 일인지 궁금해하였습니다. 내가 자초지종을 말하자, 평소에 료타와 친하게 지내는 것을 못마땅해하던 택규가 기다렸다는 듯이 말했습니다.

"쳇, 역시 일본인들은 어쩔 수 없다니께."

그래도 이대로 돌아설 수는 없는 노릇입니다.

"먼저들 가더라고. 아무래도 나는 료타를 만나 봐야겠어."

"뭐여? 한춘이 너는 자존심도 없는겨?"

택규는 얼굴이 벌개져서 나를 향해 소리쳤습니다.

"친구끼리 뭔 자존심이여? 갈 거면 니들이나 가. 나는 료타를 만나야겠으니께."

나는 몸을 돌려 료타 네로 향했습니다. 택규는 한참 동안 그런 나의 뒷모습을 노려보더니 멈칫거리는 무진이를 데리고 가 버렸습니다.

나는 료타 네 집 담벼락에 기대선 채 생각에 잠겼습니다. 지난밤 아버지가 했던 말도 그렇고 자존심도 없냐고 하던 택

규의 말도 그렇고, 내가 뭘 잘못하고 있는 것만 같아서 자꾸만 가슴이 답답합니다. 그때, 저 멀리 혼자서 터덜거리며 걸어오는 료타가 보였습니다. 나는 반가운 마음에 큰 소리로 료타를 불렀습니다. 료타는 나를 보고 흠칫 놀라며 눈을 피했습니다.

"료타, 오랜만이야."

"으응. 항쭌, 나 집에 빠리 가야 해. 오까상(어머니)이 기다리셔."

료타는 내 눈을 피하면서 우물쭈물 말했습니다.

"근디 왜 그랬어?"

"뭐?"

"왜 연을 망가뜨렸냐는 말이여."

"……."

료타는 귀까지 빨개지며 아무 말도 못합니다. 아무런 말도 하지 않는 료타가 더 미워졌습니다.

"니가 찢은 거여?"

"아니여, 나는 안 그랬어. 우리 오또상이 그랬당게. 내가 막 울면서 찢지 말라고 혔는데도 오또상이 조센징 물건은 불길하다며 찢었다. 우리 대일본제국이 조선에 베푼 은혜도 모르는 것들이랑은 상대하면 안 된다면서. 일본은 조선에 좋은 것만 해 주는데 조선인들은 독립 만세 운동을 하고 일본인을 못살게 군다고. 그런 조센징이 만든 물건은 집안에 들이면 안 된다면서 오또상이 찢은 거여."

료타는 눈물을 줄줄 흘리며 말했습니다.

"뭣이여? 진짜여? 니네 아부지가 그랬다고?"

떨리는 내 목소리에 료타는 아무런 말도 하지 못합니다.

"너도 너희 아부지처럼 그렇게 생각하냐?"

"나는 잘 모르겠어. 오또상 말이 맞는 것 같기도 하고."

나는 내 귀를 의심했습니다. 오또상 말이 맞는 것 같기도 하다니.

"우리 아부지가 그러시는디, 일본이 갑자기 조선에 들어와 우리 땅을 빼앗고 못살게 구니 조선 사람들이 만세 운동을 하는 거라고 하던디. 우리 아부지 말씀이 맞는 것 같지 않어? 너도 니 집에 누가 쳐들어와 집을 빼앗고 가족을 종 부리듯 부리면 좋겠냐?"

"항쭌, 고멘나사이(미안해). 연을 그렇게 만든 것은 정말 미안혀. 니 말을 들으니 조선인들은 그렇게 생각할 수 있을 것 같다. 근데 당분간 나는 너를 만나면 안 된다. 너를 만나면 나는 오또상에게 혼날 거여. 항쭌, 고멘나사이."

눈물을 닦으며 료타가 대답했습니다. 그러고는 집으로 들어갔습니다.

료타를 그렇게 보내고 터덜터덜 집으로 향했습니다. 우리 집 앞에서 택규와 무진이가 기다리고 있었습니다.

"한춘이, 왔냐?"

반기는 무진이와 달리 택규는 발끝으로 애꿎은 땅만 팠습니다.

"뭐여, 계속 기다린겨?"

퉁명스럽게 답했지만 택규와 무진이가 나를 기다려 준 게 정말 고마웠습니다. 무진이가 나를 끌어당겨 택규 곁에 세우며 말했습니다.

"야, 우리가 언제부터 친구냐? 서로 안 볼 사이도 아니고, 둘이 어서 풀어. 우리끼리라도 잘 뭉쳐 보더라고. 안 그냐, 택규야?"

"아까는 내가 미안혔다. 니가 왜놈 편만 드는 것 같아서 괜히 부아가 나서 그랬어."

택규는 곧이어 바람이 차니 방에 들어가 얘기하자며 나와 무진이를 방으로 이끌었습니다. 그러고는 목소리를 낮춰 이야기했습니다.

"한춘아, 너 그거 아냐? 어른들이 4월 4일 솜리 장날에 만세 부르러 가신다는디?"

"어른들은 아그들 위험하다고 어른들만 간다고 하는디, 우리는 아부지들 몰래 가기로 혔다. 너도 갈텨?"

택규 말에 무진이가 큰 눈에 힘을 주며 말했습니다. 평소에 겁이 많던 무진이까지 합세한다니 너무 놀라 어안이 벙벙했습니다.

"글씨 ……."

"글씨는 뭐가 글씨여? 우리도 열 살이나 됐응게 뭔가 해야 하지 않겄어? 어른들만 조선 사람인감? 우리도 조선 사람인디!"

택규의 말이 가슴을 파고들었습니다.

"그랴, 나도 '조선 사람'이지. 가자, 만세 부르러!"

순간 나도 모르게 몸속 깊숙한 곳에서부터 뜨거운 무언가가 차올랐습니다.

삽살개 구출 대작전

최수인

애니메이션과 다큐멘터리를 만들다 지금은 아이들을 가르치며
문화예술 기획 일을 하고 있습니다.

삽살개 구출 대작전

글, 그림 · 최수인

끼이익.

어스름한 새벽녘, 강만이는 오줌을 참느라 다리를 베베 꼬아 가며 방문을 살짝 열었다. 심장이 콩닥거렸다. 눈알을 굴려서 어두컴컴한 마당을 빠르게 훑었다. 그때, 허연 치맛자락 같은 것이 장독대 언저리에서 일렁이는 게 보였다.

'귀, 귀신이다!'

강만이는 너무 놀라 방문을 쾅 닫았다.

'낑낑.'

곰실이 소리가 들리자 놀란 가슴을 쓸어내린 강만이는 방문을 열었다. 곰실이가 반가워서 어쩔 줄 모르고 툇마루 밑에서 뱅글뱅글 돌면서 난리법석이었다. 강만이는 곰실이 덕에 용기가 생겨 방문을 넘었다.

"어디 있다 이제 왔노? 곰실아, 가자."

강만이는 삽살개 곰실이를 앞장세워 뒷간으로 당당히 걸어갔다.

다음날 아침, 아이들이 동네 어귀에 모여 사방치기를 하고 있었다. 강만이와 곰실이는 아이들에게 뛰어갔다.

"귀신 잡는 삽살개가 나가신다! 모두 비켜라!"

"웃기고 있네. 저래 멍청한 게 뭔 놈의 귀신을 잡노?"

봉남이가 코웃음을 치며 말했다. 저만치에서 곰실이가 나무 밑에 땅을 파더니 빙글빙글 돌다가 다른 곳에 똥을 뿌직 쌌다. 그러고는 엉뚱한 곳에다 흙을 덮었다.

"이 멍청아, 구덩이를 팠으면 거다가 똥을 싸야제."

아이들이 사방치기를 하다 말고 배꼽을 잡고 웃었다. 강만이는 부끄러움에 얼굴이 확 달아올랐다. 강만이의 마음을 아는지 모르는지 곰실이는 살랑살랑 꼬리를 흔들며 강만이를 바라보았다.

곰실이는 복슬복슬한 청회색 털이 온몸을 뒤덮고 있는 삽

살개다. 아기 때부터 순하고 덩치가 큰 것이 곰 같다고 해서 '곰실이'라는 이름을 얻게 되었다. 삽살개는 액운을 물리치고 귀신도 잡는 총명하고 용맹한 개라더니만, 곰실이는 왜 이렇게 멍청하고 겁쟁이인지 모르겠다며 강만이는 늘 투덜거렸다. 하지만 강만이는 항상 곰실이와 함께였다. 형제가 없는 강만이는 곰실이와 함께라면 언제든 어디서든 마음이 든든했다.

"강만이 동생은 똥싸개, 오줌싸개래요."

아이들은 어느샌가 곰실이를 '강만이 동생'으로 불렀다.

"아니다, 야가 이래 봬도 똥오줌은 억수로 잘 가린다. 집안에서는 한 번도 똥오줌을 싸 본 적이 없다 아이가!"

강만이는 의기양양해서 소리쳤다.

"맞다! 나도 곰실이가 마당에서 똥오줌 싸는 거 한 번도 못 봤다."

옆집 사는 민동이가 맞장구를 쳤다. 봉남이와 춘삼이는 폭신한 곰실이 등에 매달리며 장난을 쳤다. 곰실이도 아이들과 장난을 치며 함께 뒹굴었다. '까르르' 웃음소리가 골목 가득 퍼졌다. 아이들은 곰실이와 함께 노느라 사방치기는 까맣게 잊었다.

그때였다. 누더기옷을 걸치고 머리를 풀어헤친 벙어리 백
정이 한쪽 다리를 절뚝거리며 아이들에게 천천히 다가왔다.
벙어리 백정의 무서운 모습에 다들 놀라서 장난을 멈추었다.
춘삼이가 떨리는 목소리로 말했다.

"버, 벙어리 백정이다!"

"우짜노? 백정은 애들을 잡아먹는다던데?"

봉남이가 주춤주춤 뒷걸음치며 말했다. 아이들 틈에서 함
께 뒹굴며 장난을 치던 곰실이가 벌떡 일어나더니 벙어리 백
정에게 달려갔다. 곰실이는 절뚝이는 벙어리 백정의 다리에
머리를 비비적거렸다. 벙어리 백정은 가만히 곰실이의 머리
를 쓰다듬었다. 그 모습을 본 강만이가 기겁을 하며 곰실이
를 불렀다.

"고, 곰실아! 가자. 심부름 가야제."

강만이는 읍내 작은아버지 댁에서 보리쌀 한 됫박을 받아
오라던 아버지의 말씀이 생각나 엉겁결에 둘러댔다. 아이들
을 잡아먹는다는 백정에게서 곰실이를 얼른 떼어놓고 싶었
기 때문이다.

"내도 같이 가자!"

민동이가 말했다. 둘은 읍내를 향해 막 뛰었다. 곰실이도

이내 강만이를 따라 달렸다. 읍내에 도착해 골목 어귀를 막 돌아섰을 때였다. 어디선가 개가 힘겹게 낑낑거리는 소리가 들렸다.

'깨갱, 깽깽.'

골목길 구석에 검은 개 한 마리가 피를 흘리며 쓰러져 있었다. 다리에 난 커다란 상처에서 검붉은 피가 흘러나오고 있었다.

"이거 우짜노, 큰일났네. 내가 지켜보고 있을 테니 니가 어른들 좀 불러온나."

민동이가 고개를 끄덕이며 뛰어갔다. 강만이는 상처 입은 개가 안심하도록 곁에 앉아 머리를 쓰다듬어 주었다. 곰실이도 걱정이 되는지 쓰러진 개의 상처를 계속 핥아 주었다. 잠시 후 얼굴이 하얗게 질린 민동이가 혼자서 뛰어오는 게 보였다.

"와 니 혼자 왔노?"

"말도 마라. 지금 큰일났다! 어서 여기서 도망가야 된다. 일본 놈들이 개라는 개는 싹 다 죽이고 있단다."

"뭐라카노? 암만 일본 놈들이라도 할 일 없이 와 개를 잡노?"

"진돗개 빼고는 다 죽인단다. 시바 뭐라는 일본 개가 있는데, 조선 총독부에서 그거 닮은 진돗개만 인정해 주고 나머지 개들은 싹 다 씨를 말린단다. 우리 조선 것은 뭐든 다 없애려는 갑다. 빨리 도망가자."

강만이는 그게 무슨 말도 안 되는 소리냐며 도리질을 쳤지만 민동이의 손에 이끌려 황급히 자리를 뜰 수밖에 없었다. 상처 입은 개를 두고 돌아서는 강만이의 발걸음은 마음만큼이나 무거웠다.

동네 어귀에 도착한 강만이는 마을 안으로 들어가지 못하고 수풀에 숨어서 주위를 살폈다. 다행히 아직 일본군이 마을에 오지는 않은 것 같았다.

"이제 우짜노? 우리 마을에도 개 잡으러 오면 우짜노?"

"그러게 말이다. 사람도 잡아가고, 조선 이름도 일본 이름으로 바꾸라고 하고, 조선말도 못하게 하드만, 이제 하다하다 조선 개까지 잡노!"

강만이가 발을 동동 구르며 안절부절 못하고 있으니 곰실이가 옆에서 어서 집에 가자고 끙끙댔다.

"좋은 수가 있다! 곰실이 털을 깎으면 진돗개로 안 보이겠나? 덩치도 비슷하다 아이가?"

한참을 골똘히 생각하던 강만이가 회심의 미소를 지으며 말했다. 민동이가 강만이에게 감탄의 눈빛을 보냈다.

집에서 몰래 가위를 들고 나온 강만이와 민동이는 마을 뒷산에 올라갔다. 민동이가 곰실이를 붙잡고 강만이가 가위를 들었다. 곰실이는 곧 털 깎일 신세인지도 모르고 연신 꼬리를 흔들었다. 강만이는 먼저 곰실이 등에 난 털을 한 움큼 잡고 싹둑싹둑 잘라 냈다. 몸의 털을 대강 자르고 난 뒤에는 눈썹 위 길게 늘어진 털을 붙잡아 몽땅 잘라 냈다. 털에 가려져 있던 까맣고 맑은 곰실이의 두 눈이 훤히 드러났다.

곰실이의 온몸을 감싸고 있던 털들이 들쑥날쑥 잘려 나가고 흉해진 몰골을 보니 강만이는 왈칵 눈물이 났다.

"이렇게라도 살려야 안 되긋나?"

민동이가 안쓰럽게 바라보며 위로했다.

"어떻노? 진돗개 같아 보이나?"

강만이가 조심스럽게 물었다. 민동이는 조금 난감한 표정을 짓더니 말했다.

"피부병 걸린 진돗개라고 하까?"

강만이는 고개를 끄덕였다. 그런데 문제가 하나 있었다. 바로 곰실이의 접힌 귀였다. 진돗개는 귀가 하늘을 향해 쫑긋하게 서 있는데 곰실이의 귀는 두 쪽 다 접혀 있었다. 둘은 곰실이 귀를 뒤로 꺾어도 보고 세로로 접어도 보았다. 귓속에 나뭇가지를 끼워 보기도 했다. 별의별 방법을 다 동원해 보았지만 도저히 해결할 수 없었다. 날이 더 어두워지면 산길을 내려가기 힘들 것 같아 둘은 어쩔 수 없이 집으로 돌아갔다.

어제의 소동으로 피곤했던지 강만이는 늦잠을 잤다. 웅성거리는 소리에 놀라 잠에서 깨어 밖으로 나가보았다. 여러 명의 일본군이 동그란 끈이 달린 긴 작대기를 들고 집 앞을 서성이고 있었다. 긴 죽창을 들고 있는 군인도 여럿이었는데, 그 끝에서 붉은 피가 아직도 뚝뚝 떨어지고 있었다. 개를 도살하기 위해 함께 온 백정들도 날카로운 눈빛으로 주위를 두리번거렸다.

"여기는 개가 없느냐?"

일본군 한 명이 강만이에게 소리쳤다. 아침 일찍 어른들은 다 나가고 집안에는 강만이 혼자였다. 강만이는 마른침을 꿀꺽 삼켰다. 아무 대답도 못하고 빠르게 주위를 둘러보았다. 다행히 곰실이는 보이지 않았다. 곰실이는 툇마루 밑에 살아서 따로 개집도 없고, 똥오줌 흔적도 없어서 개를 키우는 집으로 보이지 않는 모양이었다.

"여기는 개가 없습니다."

백정들 중 한 명이 소리쳤다. 민동이가 마당 건너편에서 숨을 죽이고 바라보고 있었다. 둘은 안도의 눈빛을 나눴다. 마당 안에 들어온 덩치 좋은 백정이 밖으로 나가는 찰나, 곰실이가 신나게 뛰어오는 것이 보였다. 마당으로 들어온 곰실이는 강만이 앞에서 꼬리를 흔들며 껑충껑충 뛰었다.

"앗, 여기 개가 있습니다."

돌아가던 일본군 무리가 다시 되돌아왔다. 긴 작대기를 들어서 곰실이를 향해 휘둘렀다. 곰실이는 이리저리 뛰며 작대기를 용케 잘 피했다.

"야는 진돗개라예! 죽이지 마이소!"

강만이가 맨발로 뛰어나와 일본군 다리를 붙잡고 소리쳤다. 민동이도 헐레벌떡 뛰어와 양팔로 일본군을 막아서며 소리질렀다.

"맞습니더, 진돗개라예! 피부병에 걸렸어예."

"거짓말 마라!"

"진돗개 맞아예. 제발 죽이지 마이소."

"비켜라. 짐승으로 태어나 대일본제국을 위해 충성하는 법을 알려 주겠다."

"안 된다. 야는 내 동생이다!"

강만이는 있는 힘껏 일본군의 다리를 붙들었다. 민동이도 뒤질세라 일본군이 휘두르는 작대기를 붙잡고 막아섰다. 곰실이도 잠깐의 틈을 놓치지 않았다. 곰실이는 빈틈으로 부리나케 빠져나갔다. 하지만 사립문 밖에 있던 일본군의 포위망을 벗어나지는 못했다. 곰실이는 목이 묶인 채 발버둥쳤다. 강만이와 민동이는 허겁지겁 달려나와 곰실이를 껴안았다.

"살려 주이소. 제발 살려 주이소."

강만이는 무릎을 꿇고 두 손을 모아 싹싹 빌었다. 끊임없이 눈물이 쏟아져 나왔다. 높은 사람으로 보이는 일본군 한 명이 앞으로 나오더니 강만이를 향해 물었다.

"이 개가 진돗개라고?"

"하모예, 맞습니더. 진돗개라예. 살려 주이소."

일본군은 강만이의 뺨을 거칠게 때렸다. 강만이의 코에서 코피가 주룩 흘렀다. 강만이는 흐르는 코피를 닦을 정신도 없었다.

"다시 한 번 묻겠다. 이 개는 무엇이냐? 사실을 말하면 살려 주겠다."

"참말로 살려 줍니꺼?"

"그렇다. 황군은 거짓을 말하지 않는다."

강만이와 민동이는 서로 눈빛을 나눴다. 민동이는 강만이
를 향해 고개를 살짝 끄덕였다.

"사실은, 삽살개라예."

일본군은 음흉한 표정을 짓더니 부하들에게 손짓을 했다.
그러자 여러 명의 일본군이 곰실이의 목을 조이고 끌었다.
곰실이가 괴로운 듯 목을 비틀며 빠져나가기 위해 안간힘을
썼다. 강만이가 당황하여 소리를 질렀다.

"살려 준다메요? 와 델꼬 갑니꺼?"

"지금은 살려 주겠단 뜻이다. 한꺼번에 가죽을 다 벗길 순
없으니까. 하하."

민동이가 흥분하여 일본군을 향해 돌진했다. 하지만 가까
이 가지도 못하고 부하들의 발길질에 나가떨어졌다. 강만이
는 소리 내어 엉엉 울었다. 허드렛일이나 하면서 무리 뒤를
절뚝절뚝 따라가던 벙어리 백정이 흘끗 강만이를 쳐다보는
듯했다.

강만이는 하루 종일 밥을 굶었다. 아버지는 사람 목숨도 지키기 힘든 세상에, 그깟 개 한 마리 때문에 사내대장부가 밥을 굶느냐며 호통을 쳤다. 끌려간 곰실이 생각에 잠도 오지 않았다. 그때 밖에서 나직한 민동이의 목소리가 들렸다.

"강만아, 강만아."

강만이가 힘없이 방문을 열었다. 집밖에는 동네 친구들이 무기가 될 만한 것들을 한 개씩 들고 모여 있었다. 봉남이는 낫을 휘두르는 시늉을 하고, 춘삼이는 빨랫방망이를 손바닥에 찰싹찰싹 두드리고 있었다. 민동이가 의기양양하게 말했다.

"뭐하노? 니 동생 곰실이 구하러 안 갈끼가?"

"곰실이가 어디 있는 줄 알고?"

"춘삼이가 아부지한테 들었단다. 일본 놈들이 만주에서 전쟁하고 있다 아이가. 거가 추워서 일본군 털옷이랑 신발 만드는데 개털이랑 가죽을 쓴다 카드라. 경성에서 온 뭐드라? 조선원피주식회사? 거기 창고로 가면 아마 곰실이도 있을끼야. 삽살개 털이 길어서 제일 인기가 좋다 카든데."

강만이는 용수철 튕기듯 벌떡 일어나 호미를 챙기고 친구들을 따라나섰다.

강만이와 친구들은 조선원피주식회사의 창고가 내려다보

이는 숲속 언덕 위에 자리를 잡았다. 건물에서는 희미한 불빛이 새어 나왔다. 인기척은 느껴지지 않았다. 끌려온 개들의 울음소리만 요란했다. 몸을 한껏 낮춘 춘삼이가 불안한 듯 속삭였다.

"이제 우짜노?"

누구도 선뜻 나서지 못하고 눈만 껌벅껌벅하며 서로의 얼굴만 쳐다봤다. 봉남이가 답답하다는 듯이 말했다.

"지키는 사람 아무도 없네. 내가 뛰어가서 그냥 곰실이 델꼬 오까?"

"아니다. 어디 있는지 우째 알고?"

강만이가 봉남이를 말렸다. 한동안 주위를 두리번거리던 강만이가 말했다.

"사람들을 한쪽으로 모으는 방법 없나?"

민동이가 손뼉을 치며 말을 했다.

"그래, 맞다! 봉남아, 니 냇가에서 물고기 구울 때 불 피우던 솜씨 한번 보여 봐라."

"식은 죽 먹기제!"

봉남이는 주위의 나뭇가지를 주워 능숙한 솜씨로 불씨를 피워 올렸다. 모두들 숨죽이고 불씨가 올라오는 모습을 지켜보았다. 그런데 춘삼이가 긴장했는지 딸꾹질을 하기 시작했다.

"야 와 이라노? 누가 좀 말려 봐라."

"우리 엄마가, 딸꾹. 불장난하면, 딸꾹. 밤에 오줌 싼다고, 딸꾹."

"시끄럽다. 춘삼이 니는 여기 있어라. 무슨 일 생기면 어른들한테 말해도. 봉남이는 빠르니까 저기 볏짚에 불붙이고 나서 얼른 이쪽으로 온나."

민동이의 말에 춘삼이와 봉남이는 결연하게 고개를 끄덕였다. 봉남이가 불씨를 들고 조심조심 움직였다. 얼마 안 가 봉남이의 모습이 어둠에 묻혔다. 빨갛고 작은 불씨만이 어둠 속에서 천천히 움직이는 것이 보였다. 이윽고 볏짚에서 불꽃이 일었다. 뜨거운 가을볕에 바싹 마른 볏짚은 순식간에 활활 타올랐다. 안에 있던 사람들이 불을 끄러 뛰어나왔다. 몇 명의 일본군과 옷에 피가 잔뜩 묻은 백정들이었다.

강만이는 민동이의 손을 잡고 말했다.

"자, 인자 곰실이 데리러 가자."

다급하게 불을 끄는 사람들의 눈길을 피해 강만이와 민동이는 몸을 숙여 헛간 쪽으로 다가갔다. 마른침을 삼키는 소리가 천둥소리 같이 크게 들렸다. 다행히 경비는 허술했다. 헛간 안에는 많은 개들이 목줄에 매여 뒤섞여 있었다. 강만이와 민동이를 보자 살려 달라는 듯 개들이 울부짖었다. 곰실이가 보이지 않아 강만이는 애가 탔다.

"쉿, 조용히 해라. 느그들도 다 살려 주께."

강만이가 호미를 휘둘러 개들이 묶인 목줄을 끊었다. 목줄이 끊어지기 무섭게 헛간 속 개들은 밖으로 뛰어나갔다.

"개들이 탈출한다! 잡아! 한 놈도 놓치지 말고!"

불을 끄던 사람들이 개를 붙잡느라 정신없이 뛰어다녔다. 한껏 화가 난 개들은 사납게 사람들을 공격했다.

"아악! 안 돼!"

여기저기서 비명소리가 들렸다. 갑자기 공격을 당한 사람들은 손을 쓰지 못하고 우왕좌왕했다. 엉덩이도 물리고, 다리도 물리고. 날뛰는 개들에 활활 타오르는 불꽃까지, 모두들 혼비백산이었다. 풀려난 개들은 더이상 잡히지 않겠다는 듯 사납게 짖으며 내달렸다.

강만이는 상처를 입고 구석에 묶여 있는 곰실이를 발견하곤 와락 끌어안았다.

"어서 가자."

민동이가 곰실이를 끌어안고 있는 강만이를 재촉했다. 곰실이를 데리고 나오려는 찰나였다. 일본군 하나가 죽창을 겨누고 천천히 다가왔다. 강만이와 민동이는 얼어붙은 듯 멈춰섰다. 곰실이도 한껏 경계하며 으르렁거렸다. 일본군은 눈을 부라리며 죽창을 치켜들었다. 둘은 서로 부둥켜안고 눈을 질끈 감았다.

"이 쥐새끼들이! 이제 죽었, 윽!"

일본군이 갑자기 푹 하고 쓰러졌다. 그 뒤엔 불붙은 각목을 든 벙어리 백정이 서 있었다. 강만이와 민동이는 어안이 벙벙했다.

"시간이 없다. 어서 가거라."

벙어리인 줄 알았던 백정이 말을 하자 강만이와 민동이는 깜짝 놀랐다. 둘은 어찌해야 할지 몰라 망설였다. 그때 곰실이가 꼬리를 흔들며 벙어리 백정에게 달려갔다. 그러고는 벙어리 백정의 손길이 익숙한 듯 백정의 손을 핥았다.

"어서 이쪽으로. 뒷일은 내가 알아서 할 테니 걱정 말거라."

벙어리 백정이 문 뒤를 가리켰다. 둘은 고맙다는 말을 전할 겨를도 없이 뛰어나와 봉남이와 춘삼이에게 달려갔다. 곧이어 헛간에서 불길이 솟아올랐다. 어둡던 밤하늘이 대낮처

림 환해졌다.

숲을 빠져 나온 아이들은 뒤도 돌아보지 않고 한참을 달
렸다.

"살았다! 우리 곰실이가 살았다!"

두려움으로 숨도 쉬지 않고 달리던 아이들 사이에서 강만
이가 불쑥 소리쳤다. 그러자 긴장이 풀린 아이들이 풀썩 주
저앉았다.

"우리가 해낸기가?"

"작전 성공이다!"

"하하하. 무서워 죽는 줄 알았네. 오줌 지릴 뻔했다 아이가?"

아이들은 모든 걱정을 뒤로하고 신나게 웃어 젖혔다. 배를
움켜잡고 발을 동동 구르며 웃었다. 서로 어깨동무를 하고
빙빙 돌면서 웃었다. 그렇게 한참을 웃던 아이들은 약속이나
한 듯이 다시 달리기 시작했다.

들판을 가로질러 달려가는 강만이와 친구들, 삽살개 곰실
이의 그림자가 달빛 아래 춤을 추듯 신나게 일렁였다.

소복이

정다운

국어 교과서를 편집하다 아이들을 키우며
동화를 읽고 쓰고 사랑하게 되었습니다.

소복이

글 · 정다운 | 그림 · 최희진, 이기원

유키코의 방 앞 댓돌 위에 신발 세 켤레가 놓여 있었다. 유키코가 학교를 마치고 친구들을 데리고 온 모양이었다. 이런 날 소복이는 유키코의 방 앞을 지나가지 않으려 애를 썼다. 소복이는 그저 청소를 하고 빨래를 널며 집안일을 하러 가는 길인데도, 유키코는 소복이가 친구들과 재미있게 노는 것을 방해한다고 생각했다. 그러면 유키코는 으레 트집을 잡아 어머니에게 소복이에 대한 불만을 늘어놓았고, 소복이는 주인마님에게 불려가 회초리를 맞았다.

오늘도 소복이는 유키코의 방문이 나 있는 안채 너른 마당을 피해 행랑채 뒷길로 심부름을 다녀왔다. 유키코의 방 앞을 지나가는 일은 피하고 싶어서였다. 하지만 곧 비가 올 것 같은 흐린 하늘 때문에, 소복이는 유키코의 방이 있는 안채 마당가에 나설 수밖에 없었다. 마당에 낙엽이 떨어져 있으면 주인마님의 불호령이 떨어질 게 뻔했다. 비가 오기 전에 마당에 떨어진 낙엽을 어서 치워야 했다. 소복이는 부지런히 낙엽을 쓸었다.

애써 그러지 않으려 해도 소복이의 눈과 귀는 유키코의 방으로 향했다. 마당을 쓰는 소복이의 손이 점차 느려지는 것은 어쩔 수 없었다. 아주 잠시 소복이는 자기도 유키코의 친구였으면 어땠을까, 그랬으면 함께 무슨 놀이를 하고 놀았을까 상상을 했다. 그저 상상을 하는 것만으로도 자기도 모르게 웃음이 배어 나왔다.

그때 방문이 벌컥 열리며 유키코와 눈빛이 마주쳤다. 순간, 소복이의 상상은 빗자루에 쓸린 흙먼지처럼 산산이 흩어져 버렸다. 유키코는 자신의 방을 바라보는 소복이를 싸늘한 눈빛으로 쳐다보았다. 소복이는 얼른 고개를 돌렸다. 유키코의 방문이 거칠게 닫히는 소리가 났다. 마당에 징검다리처럼 놓인 너른 디딤돌을 닦고 낙엽을 쓰는 소복이의 가슴이 계속 쿵쾅거렸다. 낙엽에서는 축축한 물 냄새가 났다.

유키코의 친구들이 집으로 돌아간 후, 소복이는 주인마님에게 불려가 손바닥을 맞았다. 유키코의 방을 훔쳐보았기 때문이라고 했다. 소복이가 회초리로 손바닥을 찰싹찰싹 맞는 동안 옆에서 지켜보던 유키코의 아버지는 '열등한 조선인은 매로 다스려야 한다'고 말했다.

소복이가 손바닥을 맞는 날카로운 소리가 안채 마당을 울렸다. 행랑 아주머니는 마당가에서 머리가 땅바닥에 닿을 듯 고개를 푹 숙인 채 안절부절 못하고 있었다. 행랑 아주머니는 주인마님의 방을 나오는 소복이에게로 달려가 두 손으로 소복이의 손을 감쌌다. 회초리를 맞은 소복이의 손바닥은 점점 빨갛게 부어올랐다.

"많이 아프겠구나. 어서 방으로 가자. 약을 발라 줄게."

행랑 아주머니와 소복이는 행랑채로 향했다. 방에 들어선 행랑 아주머니는 부엌에서 몰래 가져온 들기름을 소복이의 손바닥에 정성껏 발라 주었다.

"조금 있으면 좀 가라앉을 게다. 소복아, 우리 같은 조선인들은 억울해도 참고 아파도 참아야 해."

행랑 아주머니의 목소리가 가늘게 떨렸다.

소복이는 삼 년 전 유키코를 처음 만났던 날이 떠올랐다.

여러 날 일본인 마을 골목 어귀에 쓰러져 있던 소복이를 행랑 아주머니가 먼 친척 아이로 속여 주인마님에게 거둬 달라고 부탁한 날이었다. 이웃에 사는 조선인 식모가 쓰러져 있던 소복이에게 바가지로 개숫물을 퍼붓고 있는 모습을 보고, 같은 조선인끼리 그러면 되겠냐고 한참을 입씨름한 끝에 내린 행랑 아주머니의 결단이었다. 더럽고 냄새나던 소복이를 씻겨 깨끗한 옷으로 갈아입힌 행랑 아주머니는 소복이를 지그시 쳐다보며 말했다.

"깨끗이 씻겨 놓으니까 고향에 있는 우리 딸 같이 훤하구나!"

소복이는 아주머니를 따라 안채로 향했다. 주인마님에게 거둬 주셔서 감사하다는 인사를 드리러 가는 길이었다. 때마침 학교에서 돌아와 마당으로 들어서던 유키코와 마주친 행랑 아주머니는 허리를 굽혀 유키코에게 인사를 했다. 유키코는 곱게 빗은 머리와 깨끗하게 손질된 학생복이 잘 어울리는 아이였다. 아주머니를 따라 엉겁결에 허리를 숙인 소복이는 고개를 들어 '안녕'이라고 인사를 하려다 멈칫했다. 망설이는 소복이를 뒤로하고 유키코는 눈길을 돌리며 나지막하게 말했다.

"더러운 조센징."

행랑 아주머니가 소복이의 손바닥을 한참을 어루만지다 방을 나선 후, 소복이는 행랑채 뒤꼍으로 향했다. 비가 내리고 있었다. 소복이는 처마 밑으로 떨어지는 빗방울을 마음속으로 세었다.

똑! '하나.'

또옥! '둘.'

또오옥! '셋.'

떨어진 빗방울로 땅바닥에 작은 물웅덩이가 생겼다. 무릎을 세우고 처마 아래에 웅크리고 앉았다. 세운 무릎에 얼굴을 올리고 물결무늬가 이는 물웅덩이를 가만히 바라보았다. 빗방울이 한 방울씩 떨어질 때마다 물웅덩이에 그리운 가족들의 얼굴이 나타났다가 사라졌다.

소복이는 잠시 망설이다가 팔을 뻗어 손가락 끝을 웅덩이에 대었다. 차가웠다. 천천히 손바닥을 펼쳐 웅덩이에 살포시 내려놓았다. 차가운 빗물이 소복이의 손을 어루만졌다. 욱신욱신하고 얼얼했던 손바닥이 빗물에 씻겼다. 눈동자에 어린 눈물이 손등 위로 주르륵 흘러내렸다. 소복이의 마음을 아는 듯 가을비가 소리 없이 내리고 있었다.

유키코와 소복이는 열한 살 동갑으로, 나이도 같고 고향도 같았다. 일본인들이 조선 땅에 들어와 집을 빼앗고 땅을 빼앗을 때, 유키코의 아버지와 어머니는 이 마을에서 제일 크고 좋은 집을 얻었다. 그리고 곧 유키코가 태어났다. 유키코는 이곳 경성에서 태어나 조선이 고향이었다.

소복이는 경성에서 조금 떨어진 시골 마을에서 태어났다. 그해 겨울, 유난히 하얗고 고운 눈이 소복하게 내려 소복이의 이름은 '소복이'가 되었다. 아버지와 어머니, 큰오빠와 작은오빠, 이렇게 다섯 식구였다. 큰오빠와 작은오빠는 아버지의 농사일을 도왔다. 소복이도 예닐곱 살쯤 되었을 때부터 같은 마을 동무들과 산에서 약초를 캐 오기도 하고, 들에서 풀을 베어 오기도 하며 어머니의 일손을 도왔다. 풀 냄새 가득한 바구니를 이고 돌아오는 날엔 소들이 여물을 달게 먹었다.

하지만 이제 소복이는 돌아갈 고향도 가족도 없었다. 몇 해 전, 농사지은 쌀을 공출로 모두 빼앗기고 찐보리 껍질로 끼니를 잇던 소복이네는 고향에서 몰래 떠날 채비를 했다. 이불 보따리와 짚신 한 켤레씩을 둘러메고 고향을 등지던 밤이었다. 호시탐탐 조선인들을 감시하던 일본 순사들에게 들켜 가족들 모두 주재소로 끌려가고, 어린 소복이만 가까스로 밭고랑에 몸을 숨겨 이튿날 산등성이를 넘어 도망쳤다.

가을비가 세 번쯤 더 내렸다. 날이 갈수록 하늘이 점점 낮아졌다. 철새들이 무리를 지어 먼 하늘로 날아갔다. 곧 찬바람이 불기 시작했다. 소복이는 하늘을 올려다보았다.

'겨울이 오나 봐.'

짚신 안, 낡은 천으로 감싼 발끝이 시렸다. 겨울이 오면 소복이는 엄마 생각이 간절해졌다. 엄마는 불 지핀 아궁이에 손바닥만 한 돌을 넣어 두었다. 소복이가 동무들과 눈싸움을 하고 돌아오면 달궈진 돌을 꺼내어 언 발을 녹여 주었다. 돌에 묻은 검댕이가 소복이의 발바닥을 까맣게 만들 때쯤에는 언 발이 스르르 녹은 채로 아랫목에서 잠이 들었다.

행랑 아주머니가 올 겨울에는 무명천과 목화솜을 구해다 도톰한 버선 한 켤레를 만들어 주겠다고 했다. 소복이는 처음으로 버선을 신게 될 날이 기다려졌다.

겨울이 되자 유키코의 친구들이 집에 놀러오는 일이 부쩍 잦아졌다. 무슨 놀이를 하는지 유키코와 친구들의 웃음소리가 닫힌 방문 틈으로 끊임없이 새어 나왔다. 소복이는 마루를 닦다가 자기도 모르게 유키코의 방으로 눈길을 건넸다. 하지만 곧 화들짝 놀라 시선을 거두었다. 유키코의 방을 쳐다본 것을 또 들키면 이번에는 손바닥으로 끝나지 않을 터였다. 소복이는 고개를 푹 숙이고 마루를 닦는 손등을 바라보았다.

"소복아, 유키코 아가씨 방으로 이것 좀 가져다 줘."

일을 마치고 서둘러 뒤꼍으로 향하던 소복이를 행랑 아주머니가 불러 세웠다. 유키코와 친구들에게 주전부리를 가져다주라는 심부름이었다. 이런 일은 보통 행랑 아주머니 몫인데, 그날따라 행랑 아주머니는 곧 다가올 설을 앞두고 일손이 바빴다.

소복이는 쟁반을 들고 마당가에서 한참을 서성였다. 안채 마당을 곧장 가로질러 섬돌을 딛고 오르면 유키코의 방이었지만, 소복이의 발걸음은 좀처럼 앞으로 나아가지 못했다. 소복이는 한 번도 유키코의 방에 들어가 본 적이 없었다. 떨리는 마음에 쟁반 위의 그릇들이 달그락 소리를 내도 소복이의 귀에는 들리지 않았다.

소복이가 방 앞에서 나지막한 목소리로 유키코를 불렀다.

"아가씨."

방문이 스르륵 열렸다. 유키코는 주전부리를 들고 온 소복

이를 보고 놀라는 표정이었지만, 때마침 자신의 차례여서 소
복이에게서 황급히 시선을 거두었다. 섬돌 위에 허리를 굽히
고 서 있던 소복이는 쟁반을 들고 마루로 올라섰다. 한 발 한
발 조심해서 주전부리가 든 쟁반을 유키코의 방안으로 들여
놓았다. 소복이는 쟁반을 내려놓으며 유키코가 하얀 조약돌
두 개를 손바닥 안에 쥐었다가 바닥에 놓인 놀이판[5] 위로 내
려놓는 것을 보았다. 유키코의 친구들은 바닥에 놓인 하얀
돌을 바라보며 수를 셈하였다. 수를 센 만큼 놀이판 위에서
이리저리 말을 움직였다. 유키코와 친구들은 저마다 놀이판
에서 자기 말의 위치를 확인했다.

"아휴, 나는 게으른 조센징 칸이네."

"나는 신라가 조공을 바치는 칸이야."

"유키코, 네가 제일 먼저 마지막 칸에 가겠다."

"하하, 그러게. 내가 제일 먼저 조선을 정복하겠네."

"역시 조선은 천황 폐하가 다스려야 해."

"어서 해. 이제 네가 던질 차례야."

---

5) 「일출신문조선쌍육」 1911년 1월 1일, 일본의 한 신문사에서 조선의 통치를 기념하기
위해 만든 신년 부록 놀이판이다. 총 21장의 그림으로 이루어져 있다. 조선을 정복하는 그림
에서 놀이가 끝난다.

　소복이는 멍하니 놀이판을 바라보다가 유키코와 친구들이 외치는 소리에 급히 고개를 돌렸다. 하마터면 유키코와 눈이 마주칠 뻔하였다. 소복이는 서둘러 유키코의 방을 나섰다. 문을 닫고 섬돌로 내려서는 소복이의 등 뒤로 유키코의 목소리가 들렸다.

　"이야, 내가 이겼다. 내가 조선을 정복했어!"

　그날 밤, 소복이는 집안일로 몹시 고단했지만 잠이 오지 않았다. 유키코와 친구들이 가지고 놀던 놀이판과 하얀 돌이 머릿속에 아른거렸다.

'일본이 우리나라를 빼앗지 않았다면 고향을 떠나지도, 가족들과 헤어지지도 않았을 텐데.'

소복이는 놀이판 위에 굴려지던 하얀 돌을 생각했다. 하얀 돌이 없다면 유키코와 친구들은 더이상 그 놀이를 할 수 없게 될 것이라는 생각이 머릿속에서 떠나지 않았다. 소복이는 문득 고향을 떠나 가족들과 헤어지던 날이 떠올라서 누운 채로 팔을 휘휘 저었다. 매달리는 소복이의 손을 뿌리치고 밭고랑 사이에 소복이를 숨긴 뒤 돌아서던 어머니의 손을 지금이라도 잡고 싶었다. 하마터면 옆에서 곤히 잠든 행랑 아주머니를 깨울 뻔했다.

며칠 뒤 유키코네 가족은 신작로에 나갔다. 설날이 다가오고 있어서 새로 입을 기모노를 맞추러 간 것이다. 행랑 아주머니도, 행랑 아저씨도 모두 신작로 행차에 따라나서서 집에는 소복이 혼자 남았다. 소복이도 행랑 아주머니를 따라서 신작로에 가 본 적이 있었다. 경성 거리에는 일본인 마을과 조선인 마을을 나누어 가로지르는 신작로가 있었다. 신작로에는 일본인들이 운영하는 은행과 상점들이 들어서 있었다. 인력거와 마차, 손수레 등이 사람과 짐을 부지런히 나르고 있었다. 지금쯤 유키코는 양장점에서 새 기모노를 맞추고 있을 것이었다.

소복이는 마당 한가운데에서 잠시 심호흡을 했다. 그리고 발걸음을 옮겨 유키코의 방으로 들어갔다. 유키코의 방 벽에는 유키코의 가방과 학생복이 곱게 걸려 있었고, 그 밑으로 머리를 치장하는 데 쓰이는 작은 물건들을 올려 둔 조그마한 탁자가 놓여 있었다. 유키코의 방에 주전부리를 가져다주었던 날에는 눈에 들어오지 않던 것들이었다. 방 한편에는 작은 장이 하나 놓여 있었다. 조선 사람의 솜씨로 보이는 어여쁜 반닫이였다. 반닫이 문을 여는 소복이의 손끝이 떨렸다.

'사람들이 갑자기 돌아오면 어쩌지?'

'내가 열어 보았다는 것을 유키코가 알게 되면 어쩌지?'

소복이의 가슴이 쿵쾅쿵쾅 방망이질을 했다. 지금이라도 반닫이의 문을 닫고 유키코의 방에서 나가고 싶었다. 그 순간 소복이가 찾고 있던 놀이판과 하얀 돌이 눈에 들어왔다. 네 귀퉁이가 약간 헤진 놀이판에는 여러 가지 그림이 그려져 있었다. 놀이판의 가운데에 있는 그림은 말을 움직여 마지막으로 도착할 곳인 듯했다. 그림판 위에 놓인 돌 두 개에는 작고 둥글게 파인 점들이 면을 둘러 가며 새겨져 있었다.

소복이는 유키코처럼 하얀 돌을 두 손에 쥐었다가 떨어뜨려 보기도 하고, 굴려 보기도 하였다. 모서리가 각진 것은 아니지만 완전히 둥근 것도 아니어서 방바닥을 구르다가도 곧 멈췄다. 고향에서 동무들과 물수제비를 뜨고 소꿉놀이를 하던 돌멩이보다, 엄마가 개울가 빨래터에서 주어다 준 공깃돌보다 매끈하고 새하얀 돌이었다.

끼이익! 갑자기 대문이 열리는 소리가 들렸다. 소복이는 화들짝 놀라 하얀 돌 두 개를 얼른 주먹 안에 감췄다. 서둘러 반닫이의 문을 닫고 섬돌 아래로 뛰어내렸다. 설에 입을 기모노를 맞추고 신작로를 구경하려 했지만, 곧 큰 눈이 쏟아질 것 같아서 서둘러 집으로 돌아왔다고 했다. 행랑 아주머니는 주인마님이 양장점에 들어간 틈에 인근 조선인 마을에서 무명천과 목화솜을 구해 왔다. 소복이는 곧 낡은 발감개를 벗고 버선을 신게 될 것이다.

한 해가 저물어 가는 겨울 내내, 하늘은 무겁게 가라앉아 있었다. 당장이라도 큰 눈이 펑펑 쏟아질 것 같은 회색 하늘이었다. 유키코의 방에서 가져온 하얀 돌 두 개는 내내 소복이의 마음을 괴롭혔다. 일본인의 집에서 일을 하는 조선인들은 일본인의 물건이 사라지거나 망가지기라도 하면 크게 매를 맞았다. 주인의 신고로 주재소에 끌려가 곤장을 맞는 경우도 있었다. 소복이는 당분간 유키코의 친구들이 놀러오지 않기를 간절히 바랐다. 친구들이 놀러와서 그 놀이판을 꺼내 보기라도 하는 날에는 당장 조선인 하인들을 마당에 꿇어앉히고 닦달할 것이었다. 행랑 아주머니도 곤욕을 치르게 될 게 뻔했다.

'행랑 아주머니에게 이 사실을 털어놓을까?'

'다시 제자리에 가져다 놓을까?'

'오늘 밤 도망을 갈까?'

소복이는 잠이 오지 않았다.

새해를 하루 앞둔 저녁, 찌푸린 하늘에서 함박눈이 쏟아지기 시작했다. 신작로에도 일본인 마을에도 조선인 마을에도 하얀 눈이 펑펑 쏟아져 내렸다. 골목길도 야트막한 뒷산도 모두 새하얀 눈으로 덮였다.

다음날, 아무도 일어나지 않은 새벽에 소복이는 방을 나섰다. 행랑 아주머니가 밤새워 지어 주신 하얀 버선을 신은 채였다. 밤새 내리던 눈은 그쳐 있었다. 쌓인 눈이 짚신 사이로 들어왔지만 발끝이 시리지 않았다. 소복이는 행랑채를 돌아 처마 밑에 잠시 섰다. 처마 밑에서 숨을 고르며 버선 안으로 눈길을 주었다. 그리고 처마 밑을 떠나 뒷문을 나섰다. 담 밑을 쓸거나 심부름 갈 때를 제외하고는 나서 본 적이 없는 뒷문이었다.

소복이는 아무도 밟지 않은 새하얀 눈길을 걸어 마을 뒷산으로 향했다. 한 걸음 한 걸음 내딛을 때마다 짚신을 신은 버선발이 눈 속에 파묻혔다. 숨이 조금 찰 때쯤, 산 위에 도착했다. 한 번도 올라와 보지 못했던 곳이었다. 산 아래로 마을에서 제일 크고 좋은 유키코의 집이 보였다. 유키코의 친구들이 살고 있는 집들도, 일본인 마을에서 신작로로 이어진 골목길도 보였다. 신작로를 따라 운행하는 전차는 아직 운행하기 전인지 보이지 않았다. 그 너머로는 멀리 조선인 마을이 보였다. 모든 것이 눈으로 뒤덮여 일본인 마을도 조선인 마을도 모두 하얀 눈 이불을 덮은 것 같았다.

소복이는 산 위에 우뚝 서서 헤어진 가족들과 어릴 적 동무들을 떠올렸다. 소복이는 고개를 숙여 버선 안쪽을 바라보다가 허리를 굽혀 버선 속으로 손을 넣었다. 버선 안에 숨겨온 하얀 돌 두 개. 손바닥 위의 돌 두 개가 작은 눈송이 같다

는 생각을 했다. 소복이는 하얀 돌 두 개를 힘껏 쥐었다가 무슨 결심이라도 한 듯, 산 아래로 크게 돌팔매질을 했다. 세상을 하얗게 뒤덮은 눈 위로 주사위 두 개가 포물선을 그리며 멀리 날아갔다. 떨어진 주사위들은 하얀 눈 속에 파묻혀 더 이상 보이지 않았다.

안녕, 할머니

이정란

예쁜 두 딸과 소소한 삶의 즐거움을 누리다가
이제는 두 아이에게 꼭 들려주고픈 이야기들을 쓰려고 합니다.

안녕, 할머니

글 · 이정란 | 그림 · 김아인

"할머니, 할머니! 문 좀 열어 주세요."

벌써 몇 번째 듬성듬성 페인트가 벗겨진 하늘색 대문을 주먹으로 두드리며 할머니를 부른다. 우리집 대문은 할머니 마음이다. 마음이 좋을 때에는 열려 있고, 마음이 아플 때에는 닫혀 있다. 예전에는 아픈 날보다 좋은 날이 더 많았는데 요 며칠은 계속 아픈 날만 있다. 벌써 며칠째 할머니는 아침에 식구들 나가기가 무섭게 대문을 잠가 버린다.

"고운아, 네 할머니 또 그 병 걸리셨나 봐! 그냥 우리집에 가서 맛있는 거 먹고 놀자."

옆집 사는 동훈이다. 나는 집에 못 들어가서 짜증이 나 있던 터라 동훈이의 참견이 곱게 들리지 않는다.

"뭐라고? 너 나한테 혼 좀 나 볼래? 할머니가 무슨 병에 걸렸는데? 우리 할머니 멀쩡하시거든. 네가 뭘 안다고 까불어?"

"치, 왜 화를 내고 그래? 알았어. 나는 너 생각해서 그런 건데. 안 가려면 마라. 나 혼자 집에 가서 텔레비전 보고 놀아야겠다. 그리고 네 할머니 진달래만 피면 이러시는 거 동네 사람들도 다 안다 뭐."

"뭐라고? 그만해라. 한 대 맞기 싫으면 ……."

나는 씩씩대며 발밑에 있는 작은 돌멩이를 하나 주워 집으로 가는 동훈이를 향해 던졌다. 동훈이는 익숙한 솜씨로 돌멩이를 피하더니 입을 씰룩대며 제 집 대문을 '쾅' 소리 나게 닫고 들어가 버렸다.

나는 대문을 두드리다 지쳐 그만 털썩 주저앉았다. 가만히 앉아 있으려니 괜히 눈물이 났다. 그깟 진달래가 뭐가 무섭다고 문이란 문은 다 잠가 놓고 이러는지 할머니가 원망스럽기만 했다. 그러다 문득 꽃이 지면 할머니가 좋아질 거란 아빠 말이 떠올랐다. 눈물을 훔치고 고개를 들어 앞산을 보니 진달래가 아직도 한창이다. 꽃잎이 축 처지고 시들시들해야 할 텐데 꼿꼿하고 팽팽하다. 오늘따라 지천으로 핀 분홍 진

달래가 왜 이렇게 꼴도 보기 싫은지 내일 등굣길에 손으로
다 쥐어뜯어 놓고야 말겠다고 다짐했다.

다음날, 집으로 돌아오는 길에 동네 아이들과 진달래꽃을
따 꽃놀이를 실컷 했다. 그 바람에 여느 날보다 늦게 집으로
돌아왔다. 그런데 이게 무슨 일일까? 대문이 활짝 열려 있는
게 아닌가? 진달래꽃은 아직 한창인데 말이다.

"할머니! 할머니!"

"아이고, 우리 고운이 왔네."

"할머니, 오늘 기분 좋은 날이네. 대문이 활짝 열려 있으니
말이야."

"아암, 좋고말고. 할미는 늘 기분이 좋지."

할머니는 거짓말도 참 잘한다. 몇 날 며칠을 문도 안 열어
주고 밥도 안 먹었으면서 늘 기분이 좋다고 말한다. 나는 입
을 한번 삐죽거리고 할머니를 향해 씩 웃었다. 만날 오늘만
같으면 좋을 텐데.

"할머니, 이 빨래들을 언제 다 하셨어요? 우와, 엄청 많아요."

빨랫줄에 다 못 걸었는지 담장에까지 이불이며 할머니 옷
들이 빼곡하게 널렸다. 할머니는 오늘 완전히 다른 사람 같

았다. 머리도 깨끗이 빗어 넘겨 비녀로 쪽을 졌고, 얼굴에는 부드러운 미소가 가득했다.

"할머니, 재미있는 옛날이야기 들려주세요. 그동안 할머니가 아파서 못 들었으니 오늘은 많이 해 주세요. 네?"

"옛날이야기? 그래, 해 주마. 오늘은 그동안 못해 준 것까지 열 배로 해 주마."

"우와, 신난다! 할머니 오늘은 무슨 얘기예요? 귀신 얘기? 도깨비 얘기?"

"귀신이 어디 있누. 그런 건 다 할미가 우리 고운이 무섭게 해 주려 지어낸 거지. 오늘은 무슨 얘기를 해 볼까? 고운아, 오늘은 할미 어릴 적 얘기 좀 들어보련? 오늘은 꼭 그 얘기를 우리 고운이에게 해 주고 싶구나."

"귀신도 나와요? 도깨비도요?"

"어쩌면 귀신보다 도깨비보다 더 무서운 시절 이야기지. 한번 들어보련?"

나는 얼른 고개를 끄덕였다.

할머니는 나긋한 목소리로 말문을 열었다.

"사람은 높은 사람이든 낮은 사람이든, 여자든 남자든, 힘이 센 사람이든 약한 사람이든 한번 세상에 났으면 다 똑같이 귀

하고 소중한 법이야. 그런데 옛날에 그놈들은 그걸 잘 몰랐나
봐. 툭하면 사람을 잡아가고 막 때리고 그랬어."

"왜요? 왜 잡아갔는데요? 나쁜 놈들이네요. 그럼 경찰에
신고하면 되는데."

"경찰? 그 시절엔 일본 순사들이 사람들을 잡아갔지. 아주
무서운 놈들이었어."

"그럼 힘없는 사람들을 누가 보호해 줬어요?"

"아무도 보호해 주지 않았지. 잡혀가지 않으려고 우리 스스
로 열심히 숨어서 살아 내야 했지. 그래도 우리는 잘 숨어 다
녔어. 마을 어귀에 순사가 보인다는 말을 들으면 우리는 뒷산
동굴로 달음질쳐 도망가서 숨고, 쌀겨 더미에도 숨고, 된장 독
에도 들어가서 숨고. 젊은 여자들은 보이는 대로 잡아간다고
해서 아버지가 아예 밖으로 나가지 못하게 단속을 했지."

할머니는 그날을 떠올리듯 잠시 눈을 감았다가 깊은 한숨
을 내쉬더니 다시 말을 이어 갔다.

"그날도 온 산이 진달래로 덮여 있었지. 할미 친구 석분이
가 어른들 몰래 산에 가자고 했어. 꽃을 따 와서 꽃지짐 해 먹
자고 해서 할미랑 석분이랑 동숙이랑 이렇게 셋이 갔어. 말
도 못하고 듣지도 못하는 동숙이가 그날따라 안 가겠다고 고

짚을 피우는 걸 내가 억지로 데려갔지. 어쩌자고 그랬을까."

할머니는 연보라빛 블라우스 앞섶을 들어 올려 그새 맺힌 눈물을 닦아 냈다. 재미있는 이야기를 기대했던 나는 어쩔 줄 몰라 한참 동안 멍하니 할머니를 바라보았다.

"할머니, 울지 말아요. 내가 듣고 싶은 건 이렇게 눈물나는 이야기가 아닌데. 할머니는 참 ……."

"그렇지? 할미가 주책이네. 그래, 그럼 더 재미난 얘기를 해 줘야지."

"아니에요, 할머니. 오늘은 그 얘기 더 들어볼래요. 그런데 할머니 울지는 마세요. 할머니가 울면 나도 눈물이 난단 말이에요."

"고맙다, 우리 고운이."

할머니는 내 손을 살며시 잡아주었다. 할머니 손이 참 따뜻했다.

"내가 가서 용서를 빌어야지. 잘못했다고 꼭 빌어야지."

갑자기 할머니 목소리가 가느다랗게 떨렸다.

"누구한테요?"

"할미 어릴 적 친구들한테 가서 빌어야지. 나만 멀쩡히 살아서 미안하다고 말해야지."

"할머니 친구들은 그럼 ……."

나는 할머니 이야기를 더 듣고 싶었지만 왠지 두려워서 뒷말을 흐렸다.

"고운아, 할미는 이 산천에 핀 진달래가 무서워! 연분홍 꽃잎 속의 시퍼런 칼날이 자꾸만 할미 심장을 찌르는 것 같아서 견디기 힘들어."

"왜요? 예쁘기만 한데. 저렇게 작은 꽃잎 속에 칼이 어디에 있겠어요?"

"그렇지. 저 꽃은 아무 죄가 없지. 여리고 여린 꽃잎이 무슨 죄가 있겠누. 꽃에 칼을 꽂은 그놈들이 죄고, 불쌍한 친구를 먼저 보내고 살아남은 내가 죄인이지."

할머니는 또 한 번 깊은 한숨을 내쉬며 힘겹게 다음 말을 이어 갔다.

"그날 어른들 눈을 피해 뒷산에 오른 우리는 허겁지겁 꽃을 따서 입에 넣고 오물거렸어. 허기진 배를 꽃으로 채우고 뒷산 바위 위에 걸터앉아 흙 묻은 고무신을 고쳐신었지. 그런데 저 아래에서 칼을 찬 순사 둘이 우리가 있는 바위 쪽으로 올라오는 게 보이는 거야. 그때가 해방이 되기 1년쯤 전이라 온 동네에 어린 여자애들을 닥치는 대로 잡아간다고 조심을 시키던 때였어. 겁에 질린 우리는 허둥지둥하다가 순사들 발걸음 소리가 또렷이 들리기 직전에야 가까스로 몸을 숨겼지. 우리가 걸터앉았던 바위 밑에 석분이가 들어가 숨고, 나랑 동숙이는 바위에서 조금 떨어진 진달래꽃 덤불 안으로 들어가 숨었어."

할머니는 다시 한 번 숨을 골랐다.

"처음에는 내가 동숙이를 뒤에서 안고 있었지. 순사 둘이서 숨을 헐떡이며 조금 전까지 우리 셋이 앉아 있었던 그 바위에 걸터앉은 모습이 진달래꽃 덤불 사이로 보이는 거야. 우리는 최대한 숨을 죽이고 숨어 있었어. 그런데 갑자기 동숙이가 몸을 빼더니 반대로 나를 뒤에서 안는 거야. 꽃 덤불이 살짝 흔들려 소리가 났어. 순사는 그 소리를 산토끼나 산짐승이 지나가는 소리로 들었는지 옆구리에 차고 있던 칼을 빼 들고 우리가 숨어 있던 꽃 덤불을 찔러 댔어. 그러다가 내 친구 동숙이가 그만 그 칼에 맞고 말았지."

나는 할머니의 이야기에 너무나 놀라 나도 모르게 한 손으로 입을 막았다. 심장이 마구 방망이질을 해 댔다. 눈물이 날 것 같았지만 꾹 참고 할머니의 다음 이야기에 귀를 기울였다.

"그러고 얼마 동안 할미는 꼼짝없이 누워 지냈어. 처음엔

다 꿈인 줄 알았지. 그러다 얼마 뒤에 알게 됐어. 동숙이는 그 칼에 찔려 피를 많이 흘리다가 그 꽃 덤불에서 죽었고, 아래 있던 나는 동숙이가 흘린 피 덕에 순사들이 그냥 두고 갔다는 거야. 같이 죽은 줄 알았던 게지. 바위틈에 숨어 이 모든 걸 지켜보던 석분이는 놀라서 소리를 지르는 바람에 순사들에게 붙잡혀 갔어. 며칠 후에 석분이는 큰 군용 트럭에 태워져 어디론가 끌려갔다는 얘기를 나중에야 들었어."

여기까지 들었을 때 나는 도저히 참을 수 없어 엉엉 울어 버리고 말았다. 할머니가 그때 얼마나 무서웠을까 생각하니 눈물이 그치지 않았다. 할머니는 그런 나를 가만히 토닥여 주었다.

"아이고, 나도 그때 동숙이랑 같이 죽었더라면 차라리 나았을 것인데, 내가 죄인이지."

"엉엉! 할머니, 그럼 아빠랑 나도 못 만났을 거 아니에요?"

"그렇지. 그럼 우리 고운이 아비랑 우리 고운이를 못 만났겠지? 살아서 좋았던 일도 있었네."

"그리고 할머니가 왜 죄인이에요? 일본 순사들이 나쁜 놈들이지. 할머니가 그런 게 아니잖아요."

할머니는 내 손을 꼭 잡은 채로 울먹이는 내 등을 토닥이며 한동안 말없이 앞산만 바라보았다.

"우리 고운이 머리가 엉망이 됐구나. 할미가 머리 좀 빗겨 줘야겠다. 할미 방 경대 열어 보면 참빗이 있을 게야. 그거 좀 가져오려무나."

"네, 저 할머니가 머리 빗겨 주는 거 좋아요. 얼른 가져올 게요."

나는 할머니 방 창문 아래에 있는 조개껍데기로 장식된 작은 경대를 열어 빗살이 촘촘한 참빗을 하나 가지고 나왔다.

"할머니, 여기요. 그런데 할머니 경대 옆에 있는 사진은 뭐예요? 검은색 나무 액자에 담긴 사진 말이에요."

"으응, 그거. 할미 사진이야. 어때, 괜찮아 보이니?"

할머니는 헝클어진 내 머리카락을 어느 때보다 오래오래 가지런히 빗겨 주며 말했다.

"고운아, 너는 딱 네 이름만큼만 곱게 살아라. 고운 사람이 되거라. 네가 하고 싶은 것 다 하면서 마음껏 세상을 누리고 살아야 한다."

"할머니, 어디 가시게요?"

"으응, 가야지. 할미가 오늘 이것저것 해 놓았더니 이제 힘이 드는구나. 들어가 잠이나 한숨 자야겠다. 이따 에미 오거든 빨래 좀 걷어서 잘 정리해 놓으라고 해라."

나는 할머니가 방으로 들어가는 뒷모습을 가만히 바라보 았다. 할머니는 방안에 누워 눈을 꼭 감고 깊고 깊은 잠 속으 로 빠져들었다. 나는 할머니가 꿈을 꾸며 그날 헤어진 어릴 적 친구들을 만나고 있을 거라 생각했다.

할머니 장례를 치르고 난 뒤 봄비가 내렸다. 진달래도 다 지고 없었다. 사람들은 할머니가 좋은 곳으로 가서 봄비가 곱게 내리는 거라고 했다.

"우리 어머님, 참 깔끔하게 사셨네요. 어쩌면 쓰시던 물건 들에 먼지 하나 없을까요? 그런데 참 신기하죠? 눈 감으실 걸 어찌 아셨는지, 돌아가시기 전날 쓰시던 이불이며 옷이며 그 많은 빨래를 직접 해 놓으시고 영정 사진까지 미리 꺼내 놓으셨네요."

할머니가 쓰던 비녀며 빗 등을 상자에 넣으며 엄마가 말했 다. 아빠는 아무 말 없이 할머니의 옷가지를 접어서 상자 속 에 넣었다.

"이거 다 할머니 물건이잖아요."

"응, 할머니가 쓰시던 물건들 정리해서 태우려고."

"왜요? 왜 할머니 물건을 태워요?"

"그래야 할머니가 저승에서 또 쓰시지. 원래 그렇게 해 드리는 거야."

나는 할머니의 손길이 묻어 있는 물건들을 태우는 것이 아쉬웠지만, 할머니가 저승에서도 쓸 거라니 할 말이 없었다. 그래도 왠지 허전해서 상자 속에서 빗살이 촘촘한 참빗을 하나 얼른 집어 호주머니에 넣었다. 내 방으로 들어와 할머니가 그랬던 것처럼 참빗 빗살을 하나하나 손끝으로 살살 긁어 보다가 거울 앞으로 가 머리를 빗었다. 할머니의 따뜻한 손길이 느껴졌다.

문득 내 이름만큼 곱게 살라던 할머니의 마지막 말이 생각났다. 나는 잠시 머뭇거리다가 그날 할머니에게 하고 싶었던 나의 마지막 인사를 가만히 속삭였다.

"안녕, 사랑하는 나의 할머니! 잘 가요."

어느 깜깜한 밤

이희분

사춘기 아들과 매일 지지고 볶는,
오십을 목전에 둔 아지매입니다.

어느 깜깜한 밤

글 · 이희분 | 그림 · 최유진

일본 순사가 아버지를 강제로 끌고 갑니다. 나는 일본 순사의 다리에 대롱대롱 매달립니다. 몸이 새우처럼 굽어 두 발은 질질 끌리고 엉덩이도 땅에 끌리기 직전입니다.

"우리 아버지 놔 줘!"

그러다 일본 순사의 발에 채인 모양입니다. 아파서 비명을 지르는 통에 꿈에서 깼습니다. 눈가에 눈물이 맺혀 있습니다. 아버지가 징용에 끌려간 지도 일 년이 다 되어 갑니다.

깜깜한 방안은 숨소리로 가득합니다. 쌕쌕거리는 막둥이의 숨소리, 드르렁 푸 고단한 엄마의 코골이 소리. 그런데 뭔가 이상합니다. 희끄무레한 것이 방안에 어른거립니다. 잘못

보았나 싶어 눈을 비비고 다시 보아도 희뿌연 그림자가 맞습니다. 콩닥콩닥 심장이 뛰고 별의별 생각들이 덩달아 날뜁니다. 어쩐지 으스스합니다. 그림자가 천천히 막둥이 쪽으로 움직이다가 다시 엄마 쪽으로 움직입니다. 옆에서 잠든 오빠를 부르고 싶어도 목소리가 나오지 않습니다. 손을 뻗으면 그림자가 금방이라도 달려들 것만 같습니다. 나는 간신히 이불 속에서 발가락을 꼼지락거려 오빠를 찾습니다. 오빠 발이 어디 있는지 도무지 닿지 않습니다.

'오빠, 어서 일어나 봐.'

마음속으로 간절히 외쳐 보지만 소용이 없습니다. 이제 희뿌연 그림자는 방문 밖으로 나가고 있습니다. 나는 이불을 들추고 요 위를 더듬거립니다. 역시나 오빠는 없고 베개만 떡 하니 자리를 차지하고 있습니다.

방문을 열어 보니 오빠는 벌써 사립문을 나서고 있습니다. 오빠는 순이네 집을 돌아 미선이네를 성큼성큼 지나쳐 가고 있습니다.

나는 부리나케 오빠를 따라나섭니다. 오빠를 놓칠까 봐 이를 악물고 뜁니다. 오빠를 부르고 싶지만 숨이 차올라 소리를 낼 엄두가 나지 않습니다. 오빠는 이제 개울 건너편 둑길

위를 오르고 있습니다. 둑길 너머로 사라지면 오빠를 영영 놓칠 것만 같습니다.

"오빠, 철이 오빠!"

"여, 영이야. 여기서 뭐해? 집에 돌아가."

"싫어!"

잠결에 이를 악물고 동구 밖까지 쫓아왔는데 오빠는 나를 떼어 내려 안간힘을 씁니다. 하지만 나는 입을 꾹 다문 채 고개만 저었습니다. 오빠는 결국 한숨을 내쉬더니 내 귀에 대고 속삭입니다.

"뭐라고? 아버지가 오신다고?"

"쉿! 목소리 낮춰. 내가 일을 도와주면 아버지가 집으로 돌아올 수 있게 해 준대."

"그럼 나도 갈 테야!"

"안 돼. 집에 돌아가 있어."

징용에 끌려간 아버지가 돌아올 수 있다니 생각만 해도 정말 기쁩니다. 고된 농사와 집안일로 매일 밤마다 눈을 감기가 무섭게 코를 고는 엄마가 생각납니다. 배가 고파 나무껍질을 침이 범벅이 되도록 빨고 있는 막둥이도 떠오릅니다. 이런 일에 내가 빠질 수 없습니다. 나는 오빠의 눈총에도 아랑곳없이 앞장서서 걸어갑니다.

"어휴, 이 고집쟁이!"

철이 오빠가 내 뒷덜미를 낚아챘습니다. 그 바람에 '꽈당' 엉덩방아를 찧었습니다. 오빠가 뒤도 안 보고 냅다 둑길로 뛰어오릅니다. 눈물이 났습니다. 아버지가 징용에 끌려간 후로는 친구처럼 놀아 주던 오빠가 변했습니다.

"오빠가 할 테니 넌 가만히 있어."

"오빠가 갈 테니 넌 집에 있어."

"잠자코 오빠 말 들어."

매번 아버지 말을 그대로 따라 합니다. 그렇다고 얌전히 오빠 말만 들을 내가 아닙니다. 아득바득 오빠를 뒤쫓았습니다.

"조그만 계집애가 용감하구나. 잘 왔다! 일손이 부족했는데. 네가 앞장을 서."

하야시 대장은 오빠를 따라온 나를 크게 반기며 손전등을 건넸습니다. 오빠에게 아버지가 돌아올 수 있게 해 주겠다고 약속한 일본인 대장입니다. 오빠는 마뜩잖은 표정입니다.

'거 봐! 오빠만 만날 날 어린애 취급이라고.'

나는 오빠에게 혀를 날름 내밀고는 앞장을 섰습니다. 하야시 대장이 내 뒤에 서고 일행인 마쓰모토가 궤짝과 포대 자루를 짊어지고 그 뒤를 따랐습니다. 맨 마지막에 오빠가 섰습니다. 덩치 큰 마쓰모토가 투덜거립니다.

"대장! 어린애는 성가시기만 해요. 이제라도 돌려보내시죠."

"마쓰모토! 네 일이나 제대로 해. 이 일은 몸집이 작을수록 좋은 거 몰라서 그래?"

하야시 대장이 마쓰모토를 돌아보며 쏘아붙입니다. 하야시 대장은 내 편인 게 분명합니다.

어두운 산길을 헤쳐 어느 무덤가에 도착했습니다. 왠지 뒷덜미가 서늘합니다.

"오빠, 무슨 일을 해야 하는 거야?"

"나도 몰라."

나는 오빠 소맷자락을 꼭 잡았습니다. 마쓰모토는 주머니에서 팥을 한 줌 꺼내 무덤 위로 휘익 뿌립니다. 고개를 숙이더니 무슨 말을 하는지 한참을 중얼댑니다. 하야시 대장은 무덤 곳곳을 기다란 쇠꼬챙이로 신중하게 찌르고 다녔습니다.

팅, 탱, 턱.

하야시 대장은 만족스런 얼굴로 작업을 지시합니다. 마쓰모토가 무덤 가장자리를 파더니 아래로 비스듬히 굴을 파며

기어들어 갑니다.

"철이, 네 차례야."

"저, 저요?"

온몸에 흙을 뒤집어쓰고 나온 마쓰모토가 오빠에게 일을 넘깁니다. 오빠는 깜짝 놀라 엉거주춤 일어섭니다. 괜스레 주머니도 뒤지고 앉았던 자리도 살핍니다. 그러다 나와 눈이 딱 마주쳤습니다. 오빠는 씩 웃더니 허리춤에 밧줄을 매기 시작합니다. 나는 오빠의 손을 꼭 잡았습니다. 오빠의 손이 부들부들 떨립니다.

"그렇게 해서 아버지가 돌아오시겠나?"

하야시 대장이 무서운 표정으로 오빠를 재촉합니다. 오빠는 솜이 가득한 포대 자루를 들고 굴 안으로 기어들어 갔습니다. 굴 안으로 이어진 줄이 출렁일 때마다 포대 자루가 들어갔다 나왔다 합니다. 하야시 대장은 무덤에서 꺼낸 항아리, 주전자, 꽃병, 비녀 등을 조심조심 궤짝과 포대 자루로 옮겼습니다. 방금 전과 다르게 하야시 대장의 얼굴에는 웃음이 넘쳐납니다.

"이쪽도 준비 끝났습니다."

바로 옆 무덤에서 마쓰모토가 외쳤습니다. 줄을 두 번 빠르게 당기며 하야시 대장이 무덤 안을 향해 외칩니다.

"이봐, 철이! 이제 교대해."

흙투성이가 된 채 밖으로 나온 오빠는 나를 등 뒤로 숨겼습니다.

"하야시 대장님, 제가 계속하겠습니다."

오빠는 내가 걱정이 되나 봅니다. 징용에 끌려간 아버지도 깊은 땅속 탄광에서 석탄을 캐고 있을 겁니다. 아버지를 가장 많이 닮은 내가 이까짓 일을 못할 리 없습니다.

"아니에요. 제가 할래요. 제가 할 수 있어요."

나는 허리춤에 밧줄을 맸습니다.

"영이야, 힘들면 바로 나와! 오빠가 마저 할게."

"오빠는 내가 만날 어린애인 줄 알아? 나도 이제 열 살이야."

나는 떨리는 마음을 오빠가 알아채지 못하게 큰소리를 쳤습니다. 내 모습에 하야시 대장이 흡족한 듯 웃습니다. 오빠는 계속 뒤를 돌아보며 마쓰모토와 함께 옆에 있는 무덤으로 자리를 옮겼습니다.

"좁고 깜깜한 굴은 잠깐이야. 속으로 다섯만 세."

오빠가 이야기해 준 대로 숫자를 셉니다. 하나, 둘, 셋. 숫자를 셀 때마다 박자를 맞춰 팔로 끌고 발로 밀었습니다. 배를 깔고 기어가려니 허리춤에 맨 밧줄이 불편합니다. 밧줄에 매단 큼직한 포대 자루가 자꾸 다리에 걸려 성가십니다. 넷, 다섯. 아래로 이어진 비스듬한 굴이 끝나면 무덤 속 넓은 방이 나온다더니 그다지 넓지 않습니다. 고개를 숙인 채 웅크리고 앉을 만큼의 공간입니다. 손이 벌벌 떨리고 쿵쾅쿵쾅 가슴이 요동을 칩니다.

"미안해요. 아버지를 위해서는 어쩔 수 없어요. 도와주세요."

고개를 숙이며 얼굴도 모르는 무덤 주인에게 혼잣말을 합니다.

빛이 닿지 않는 어두운 곳에서 귀신이라도 나올까 싶어 그쪽으론 눈길조차 주지 않습니다. 손전등을 바닥에 내려놓았습니다. 오빠가 일러준 대로 무덤 안의 물건들을 솜이 가득한 자루에 담고는 줄을 한 번 당겼습니다. 자루가 점점 위로 올라가더니 줄이 다시 한 번 출렁거립니다. 이번엔 이쪽에서 잡아당기자 자루가 아래로 내려옵니다. 물건들을 자루에 모두 담아 올리고 나서 빠르게 두 번 줄을 잡아당겼습니다.

"영이! 물건들은 다 올려 보냈나?"

"네! 하야시 대장님. 저 좀 올려 주세요."

"다시 확인해 봐!"

"없어요."

"확실해?"

"네."

후드득 후드득, 갑자기 무덤 안으로 흙이 쏟아집니다.

"악, 굴이 무너져요! 하아시 대장님, 도와주세요!"

흙이 계속 쏟아져 내려옵니다. 흙더미 때문에 내 목소리가 들리지 않나 봅니다. 무덤에서 나갈 수 있는 유일한 통로에 흙이 자꾸만 쌓입니다. 이대로 두면 이 좁은 공간이 흙으로 가득찰 것 같습니다.

'하아시 대장님이 곧 구해줄 거야. 그때까지 조금만 버티자.'

바닥에 제법 넓은 나무판자가 보였습니다. 판자를 들어 쏟아지는 흙더미를 막으려 했지만 무게를 견디지 못하고 판자가 자꾸 쓰러졌습니다. 등으로 판자를 밀며 버텼습니다. 허리가 꺾일 것 같지만 맞은편 벽에 두 발을 디디고 버팁니다. 아버지가 돌아오실 수만 있다면 이를 악물고 버틸 겁니다.

그때, 판자가 기울어지며 흙이 밀려 들어왔습니다. 눈을 제대로 뜰 수 없고 입안까지 흙이 들어옵니다. 제대로 숨을 쉴 수 없습니다. 윗부분만 남은 판자 뒤로 굴 입구가 보였습니다. 흙으로 꽉 막혀 있습니다. 판자 덕분인지 무덤 속엔 기어다닐 약간의 공간이 남아 있습니다. 판자를 넘어 꽉 막힌 입구를 파냈습니다. 파낸 흙을 아래로 밀어내며 조금씩 위로 올라갑니다. 어렴풋이 밖에서 목소리가 들립니다. 이제 거의 다 올라왔나 봅니다.

"이럴 줄 알았으면 안 왔어요!"

"마쓰모토, 정신 차려! 얘들이 사람들에게 알리면 어쩔 건데? 우린 끝장이야."

"그래도 이건 너무하잖아요!"

옆에 있던 무덤 안으로 흙을 퍼 넣다 말고 하야시 대장과 마쓰모토는 언성을 높였습니다. 마쓰모토가 울먹이자 하야시 대장이 윽박지릅니다.

"아픈 네 동생은 어쩔 건대? 그냥 죽게 둘 거야? 무릎 꿇고 사정을 해서 일을 줬더니 이제 와서 무슨 소리야?"

나는 무덤에서 겨우 빠져나와 하야시를 향해 소리쳤습니다.

"굴이 무너진 게 아니었어! 이 사기꾼!"

순간 하야시 대장과 마쓰모토는 귀신이라도 본 양 얼빠진 표정이었습니다.

"어, 어떻게 나왔지?"

하야시 대장이 다가와서 내 뒷덜미를 거칠게 거머쥐었습니다. 나는 눈을 질끈 감았습니다. 가족들 얼굴이 떠오릅니다. 그 순간 '쿵' 하는 소리가 들렸습니다. 마쓰모토였습니다. 삽을 든 마쓰모토가 쓰러진 하야시 대장을 내려다보며 몸을 부들부들 떨고 서 있었습니다.

마쓰모토가 하야시 대장을 비석에 꽁꽁 묶는 사이, 나는 정신없이 옆 무덤의 흙을 파냈습니다. 하야시 대장을 다 묶고 마쓰모토도 달려와 도왔습니다. 마침내 오빠의 옷자락이 보입니다.

"오빠! 나, 영이야. 정신 좀 차려 봐!"

흙투성이가 된 오빠는 꼼짝도 하지 않습니다. 나는 오빠의 손을 꼭 잡고 오빠가 어서 깨어나기만을 바랐습니다.

"여, 영이야."

힘겹게 눈을 뜬 오빠가 내 이름을 부릅니다. 다행입니다. 오빠가 깨어나서 정말 다행입니다.

"고마워요, 마쓰모토!"

나의 인사에 덩치 큰 마쓰모토가 부끄러워하며 말했습니다.

"일본 이름으로 바꾸면 일본 사람처럼 살 수 있을 줄 알았어.

하지만 나는 조선 사람이야! 조선 사람이 조선 사람을 돕는 건 당연해."

정신을 잃은 하야시가 비석에 묶여 있습니다. 철이 오빠와 나는 조금 전까지 마쓰모토였던 달봉이 오빠와 함께 서둘러 산길을 내려왔습니다. 벌써 새벽녘이 다 되었습니다.

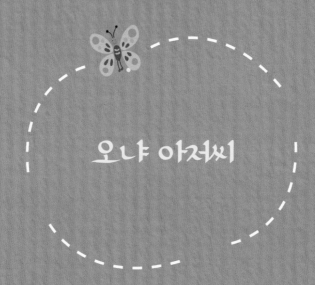

오냐 아저씨

박경희

세 아이를 키우며 어린이책의 즐거움과 매력에 빠져들었다가
동화를 쓰게 되었습니다.

오냐 아저씨

글 · 박경희 | 그림 · 박연

"옥선아, 자꾸 뒤돌아보지 말고 그냥 가자."

덕실이는 내 손을 꽉 쥐고 빨리 가자고 재촉했다. 하지만 나는 재동이가 얄미워서 도저히 참을 수 없었다. 나는 재동이를 향해서 소리를 질렀다.

"야, 그만 따라와! 그까짓 학교 이제 안 다니면 그만이야."

오늘 학교에서 조선 이름을 일본 이름으로 바꾸지 않았다고 하케다 선생님이 나와 덕실이 얼굴에 먹물로 가위표를 그었다. 선생님은 지독한 사람이었다. 아버지, 어머니에게 꼭 보여 주어야 한다면서 집에 갈 때까지 한 동네 사는 재동이에게 순사처럼 나와 덕실이를 감시하라고 했다. 재동이는 발걸음까지 맞춰 우리 뒤를 바짝 따라왔다.

휙!

나는 참다못해 신고 있던 고무신 한 짝을 벗어 재동이에게 던지며 눈을 흘겼다. 날아오는 고무신을 피하며 재동이가 큰 소리로 말했다.

"왜 나한테 성질을 부리냐? 선생님이 조선 이름표 말고 일본 이름표 달고 학교에 오라고 몇 번을 말했어?"

덕실이가 얼른 고무신 한 짝을 주어다 내 발에 신겨 주었다. 재동이는 저만치 떨어져서 혀를 날름 내밀었다.

하케다 선생님이 앞으로 학교에서는 조선 이름을 쓸 수 없다고 말했던 게 벌써 두어 달 전이었다. 일본 이름으로 바꿔야 한다고 아무리 말해도 아버지, 어머니는 꿈쩍도 안 했다. 덕실이네 아버지, 어머니도 마찬가지였다.

언덕을 내려와 마을 어귀에 도착했다. 멀리서 걸어오는 사람이 보였는데, 얼굴에서 안경이 반짝거렸다. 덕실이가 먼저 알아봤다.

"옥선아, 저기 오냐 아저씨 아니야?"

'오냐 아저씨?'

덕실이 말에 눈을 크게 뜨고 보니 정말 오냐 아저씨였다.

나도 모르게 참고 있던 눈물이 쏟아져 나왔다.

"오냐 아저씨!"

오냐 아저씨는 몇 해 전, 언니가 다니는 함흥 영생여학교에 선생님으로 왔다. 아버지와는 오래 전부터 알고 지낸 사이로 사랑에 여러 날 묵어가기도 했다. 아저씨는 동네 아이들에게 조선어도 가르쳐 주고 재미난 이야기도 들려주었는데, 그럴 때마다 '오냐, 오냐' 하는 것이 우스워 동네 아이들은 정태진 선생님을 '오냐 아저씨'라고 불렀다.

"너희들 많이 컸구나. 그런데 예쁜 얼굴이 왜 이 모양이야?"

나와 덕실이의 얼굴을 보고 놀란 아저씨는 우리와 재동이의 이름표를 번갈아 바라보더니 빨래터로 데려가 말없이 얼굴을 씻겨 주었다. 그리고 들고 있던 주머니에서 양과자를 꺼내 하나씩 손에 쥐어 주었다. 재동이는 선생님한테 이르라고 한 건 까맣게 잊어버렸는지 아저씨 옆에 나란히 앉아 뻔뻔하게 양과자를 얻어먹었다.

재동이는 입가에 묻은 과자 부스러기를 혀로 야무지게 핥으면서 제 앞가슴에 달린 '다나카'라는 이름표를 자랑스럽게 매만졌다. 아저씨는 쓸쓸한 표정으로 재동이의 머리를 한번 쓰다듬고는 깨끗해진 나와 덕실이의 얼굴을 물끄러미 바라보다가 코끝에 걸쳐진 안경을 올리며 말했다.

"아저씨가 동무들과 함께 뛰어놀던 어릴 적 마을 이름이 뭐라고 했지?"

나는 눈을 동그랗게 뜨고 얼른 손을 들어 말했다.

"새말이요. 파주 새말!"

덕실이는 박수를 쳤고 재동이는 한발 늦었다는 듯 아쉬운 표정이었다.

"그래, 맞아. 그런데 어느 날 새말에 이상한 일이 생겼단다. 사람도 많이 살지 않는 마을에 일본 사람들이 들어와 기차역을 만들었는데, 그 이름이 '금릉 역'이라는 거야."

"그게 뭐가 이상해요? 우리 오빠 이름도 금동인데요?"

덕실이는 오빠 이름에도 '금' 자가 들어간다며 아저씨의 이야기에 고개를 갸우뚱거렸다. 오냐 아저씨는 기특하다는 듯 덕실이의 머리를 쓰다듬고 이야기를 이어나갔다.

"오냐, 오냐. 한자에는 '쇠 금'이라는 글자가 있지. 그런데 일본 순사가 새말의 '새'를 '쇠'로 잘못 알아서 그만 '새말'이라는 마을 이름이 '금릉'이 되고 말았단다. 그래서 역에도 '금릉'이라는 엉뚱한 이름을 붙여 놓았지."

오냐 아저씨는 마치 어릴 적 뛰놀던 고향을 잃어버리기라도 한 것처럼 아쉬운 표정을 지었다. 오늘 아침 훈화 시간에 하케다 선생님도 조선은 일본 제국의 황국 신민이 되어야 한다고 말했다. 조선어를 못 쓰게 하고 일본어만 쓰라고 말할 때에는 내 마음이 꽁꽁 얼어붙는 것 같았다. 오냐 아저씨는 한 명씩 손을 꼭 잡아주며 말했다.

"옥선이랑 덕실이 마음 아저씨가 다 안다. 얼굴에 먹칠을 당하고 많이 속상했지? 너희들 잘못이 아니야. 일본이 나라를 빼앗았다고 가슴속에 있는 우리말까지 빼앗을 수야 있겠니? 이제 머지않아 누구나 집에서 조선어를 공부할 수 있는 날이 올 기야. '조선말 큰 사전'이 완성되고 있단다."

재동이는 가슴에 달린 자기 이름표를 슬그머니 손으로 감췄다. 오냐 아저씨의 이야기를 들으니 어디선가 따뜻한 바람이 불어오는 것 같았다. 예전에 아저씨가 알려준 '봄 편지'라는 시가 생각났다.

연못가에 새로 핀 버들잎을 따서요
우표 한 장 붙여서 강남으로 보내면
작년에 간 제비가 푸른 편지 보고요
조선 봄이 그리워 다시 찾아옵니다

따가닥따가닥.

갑자기 요란한 말발굽 소리가 들렸다. 빨래터에서 올려다보니 일본 순사 몇 명이 말을 타고 급히 달려가고 있었다. 그 뒤로 어머니가 실성한 사람처럼 어디론가 달려가고 있는 모습이 보였다.

"어머니?"

나는 놀라서 어머니를 불렀다. 어머니는 오냐 아저씨와 나를 보자마자 터져 나오는 울음을 참느라 손수건으로 입을 꼭 막으며 더듬더듬 말했다.

"선예가, 우리 선예가 기차에서 조선어를 썼다고 붙잡혀 갔어요!"

나는 어머니가 거짓말을 하는 것 같았다.

"일본 순사들이 집안을 쑥대밭으로 만들어 놓고 증거물인지 뭔지를 찾았다고 가져갔어요. 이제 선예는 어쩐답니까?"

어머니는 끝내 주저앉아 더이상 말을 잇지 못했다. 오냐 아저씨는 나에게 어머니와 함께 집에 가 있으라고 일렀다. 하필이면 아버지는 멀리 경성에 진료를 가서 오늘 밤 늦게야 돌아온다고 했다. 오냐 아저씨는 아버지에게 연통을 넣고 선예 언니를 데리고 오겠다고 말한 뒤 황급히 달려갔다.

집에 와 보니 방안 물건들이 여기저기 흩어져 있었다. 이불이며 옷가지, 아버지 책들이 찢기어 뒤엉켜 있었다. 내가 날마다 연필로 꼭꼭 조선어를 눌러 쓰며 공부했던 잡기장도 보이지 않았다. 어머니는 계속 '몹쓸 놈들'이라고 중얼거리며 우두커니 앉아 있었다.

이틀이 지나 선예 언니가 수레에 실려 집으로 돌아왔다. 핏기 없는 하얀 얼굴에 눈을 꼭 감은 선예 언니는 아기처럼 웅크린 채 누워 있었다. 나보다 훨씬 큰 언니가 오늘은 내 동생처럼 작아 보였다. 언니의 손톱은 봉숭아 꽃물보다 더 진한 검붉은 색으로 물들어 있었다. 나는 방에 누운 언니 곁에 조용히 앉아 마음속으로 말을 걸었다.

'언니야, 많이 아팠겠다!'

언니는 상처 난 눈을 꼭 감고 있었다. 내가 언니에게 해 줄 수 있는 게 무엇일까 생각했다. 오냐 아저씨가 알려 주었던 '반달'이라는 시가 생각나 마음속으로 가만가만 읊었다.

푸른 하늘 은하수 하얀 쪽배엔
계수나무 한 나무 토끼 한 마리

돛대도 아니 달고 삿대도 없이

가기도 잘도 간다 서쪽 나라로

선예 언니는 오랫동안 잠을 잤다. 며칠 동안 온 집안은 약을 달이는 냄새로 가득했다. 아버지는 급한 환자가 아니면 진료를 미루고 언니를 치료하는 데에 힘썼다. 어머니는 그래도 언니가 조금씩 차도가 있어 다행이라고 했다.

탁탁탁탁. 빨래터에서 방망이 두드리는 소리가 유난히 요란했다. 며칠째 가을비가 내리더니 오랜만에 갠 날씨였다. 선예 언니는 빨래터에 나가는 어머니와 나를 고집스레 따라나섰다. 어머니는 빨래를 하면서도 걱정스러운지 언니 쪽으로 자주 고개를 돌렸다. 그럴 때마다 언니는 먼 하늘을 바라보고 있었다.

"선예야, 먼저 집에 들어가. 빨래 다 하려면 아직도 멀었어. 옥선이랑 얼른 마무리하고 갈 테니 약 챙겨 먹고 누워 있어."

"어머니, 저 괜찮아요. 오랜만에 햇볕을 쬐니 좋아요."

빨래를 마치고 집으로 돌아와 빨래를 널고는 잠시 마루에 앉았다. 어머니는 삶은 감자를 내오면서 머뭇거리며 언니의 눈치를 살폈다.

"선예야, 어제 학교에서 연락이 왔더라. 너를 퇴학 처분을 하기로 했다면서 기숙사 짐을 챙겨 가라고 했어. 서류도 이것저것 ……."

언니는 어머니 말을 다 듣기도 전에 이미 알고 있었다는 듯이 대꾸했다.

"어머니, 어차피 학교에 더 다니고 싶은 생각 없었어요. 배움이야 뜻이 있으면 언제 어디서든 할 수 있으니까요. 마침 어머니랑 의논하려 했어요."

"그럼 내일이라도 당장 학교에 가서 마무리를 짓고 와야겠다. 이것저것 준비할 것이 있으니 어두워지기 전에 장에 좀 다녀올게."

선예 언니는 마루에 걸터앉아 멀어지는 어머니의 뒷모습을 오랫동안 바라보았다.

"언니는 억울하지도 않아? 조선 사람이 조선말을 쓴 게 무슨 큰 잘못이라고 학교도 못 다니게 하고."

선예 언니는 눈을 꼭 감고는 말했다.

"옥선아! 학교도 그렇지만 이번 일로 정태진 선생님도 잡혀 가셨어. 미안하다, 옥선아."

오냐 아저씨 이름을 듣고는 가슴이 철렁 내려앉았다. 아저씨가 언니를 데리고 오겠다며 황급히 달려가던 뒷모습이 생각났다. 어쩌면 내가 써 놓은 글 때문에 아저씨가 붙잡혀 간 게 아닐까? 나는 울음을 참으며 언니에게 말했다.

"언니, 내가 선생님한테 조선말 배운 거 많이 써 놨는데 일본 순사가 와서 가져갔거든. 어떻게 해. 그게 증거물이란 거였나 봐. 내 잡기장 때문에 잡혀가신 거야."

"아니야, 옥선아. 내가 학교에서 동무들하고 일본어로 이야기해서 정태진 선생님한테 혼이 났다고 일기에 써 놨는데, 일본 경찰이 선생님하고 내가 있는 데서 큰 소리로 읽더라. 정태진 선생님이 붙잡혀 가면서 일본 경찰에게 말했어. 선생인 내 잘못이니 학생은 집으로 돌려보내 달라고 ……."

언니는 말을 끝까지 잇지 못했다.

"언니, 그러면 오냐 아저씨가 만들고 있던 '조선말 큰 사전'은 어떻게 되는 거야? 거의 완성됐다고 했었는데 ……."

갑자기 누구나 집에서도 조선말 공부를 할 수 있는 날이 올 거라던 오냐 아저씨의 말이 생각났다. 언니는 어두운 얼굴로 고개를 돌린 뒤 눈을 감았다.

밤새 뒤척이다 보니 어느새 아침이었다. 선예 언니도 자면서 내내 끙끙 앓았다.

'어제 빨래터에 다녀온 것이 힘들었을까, 아니면 …….'

'조선말 큰 사전' 이야기를 꺼냈던 게 생각나 괜히 언니에게 미안했다.

"옥선이 일어났구나. 어서 옷 갈아입고 언니 학교에 좀 같이 가자."

어머니 목소리에 마루 끝을 보니, 큼직한 보따리들이 놓여 있었다.

"어머니, 이 음식들은 다 뭐예요? 학교에 가지고 가시려고요?"

"인정 어린 밥 한 끼 대접 받으면 고마움에 나쁜 마음을 고쳐먹을지 또 아니? 일본 사람이든 조선 사람이든 그래도 아이들 가르치는 선생님들 아니냐. 선예 언니 그동안 가르쳐줘서 고맙다고 인사도 할 겸 가져가 보자."

나는 서둘러 옷을 입었다. 어머니는 무거운 보따리를 머리에 이고 손에 들고도 잘 걸었다. 가벼운 보따리를 든 나보다 걸음도 더 빨랐다.

학교 운동장에 도착했다. 내가 다니는 학교와는 다르게 너무 넓어서 한눈에 다 들어오지 않을 정도였다. 교장 선생님과 담임 선생님은 어머니가 무겁게 들고 온 음식 보따리를 보고도 반가워하지 않았다.

"에, 우선 이런 불미스런 일이 생기다니 유감입니다. 황국 신민의 의무를 솔선수범으로 지켜야 하는데, 에, 정태진 선생님까지 잡혀가고 이제는 조선어 수업도 폐지하게 됐습니다."

교장 선생님의 '에'는 끝도 없이 이어졌다.

"저 잠시 변소에 다녀와도 될까요?"

나는 오줌이 마려워 도저히 참을 수가 없었다. 어머니는 고갯짓으로 얼른 다녀오라고 했다. 빠른 걸음으로 달려나와 변소 맨 앞칸에 자리를 잡았다.

"얘기 들었어? 교장실에 지금 퇴학 서류 쓰러 왔다고 하던데 ……."

언니 얘기 같아 숨소리마저 죽인 채 귀를 기울였다.

"정태진 선생님도 잡혀간 거 알지? 문예부 활동이다 뭐다 하면서 아이들에게 희망 없는 조선어를 자꾸 쓰게 하더니만. 교장 선생님이 교무실 서랍에 남아 있는 문예부 자료들을 나한테 정리하라고 하더라. 할 일도 많은데 귀찮게 됐어."

"유학까지 다녀왔다는 선생님이 어쩜 그렇게 꽉 막히고 어리석지? 희망도 없는 조선에 아직도 기대를 걸고 있다니 한심해."

나는 오냐 아저씨 이야기를 듣고 얼어붙은 사람처럼 꼼짝도 할 수가 없었다. 다시 교장실로 가야 할지 문예부 자료들이 있다는 교무실로 가야 할지 망설여졌다. 문예부 자료를 보면 선예 언니가 아픈 몸과 마음을 툴툴 떨어내고 금세 나을 것만 같았다. 오냐 아저씨를 다시 만나면 아저씨에게 문예부 자료들을 전해 주고 싶었다.

어느새 내 발걸음은 교무실 앞에서 멈췄다. 문고리를 쥐고 있는 손이 떨리고 입술이 바싹바싹 말랐다. 다행히 어렵지 않게 오냐 아저씨가 문예부원들과 함께 수집했다는 자료들을 찾을 수 있었다. 나는 각 지역 방언들이 빼곡히 적힌 종이들과 조선말 시들이 담긴 종이 뭉치들 중 몇 가지를 저고리와 치마폭에 숨겼다.

선예 언니는 나와 종이 뭉치를 번갈아 보면서 믿기지 않는다는 표정을 지었다. 그리고는 소중한 보물처럼 한 장 한 장 펼쳐 보다가 반가운 듯 종이 한 장을 꺼내어 나에게 내밀었다. 언니가 만든 시화라고 했다.

나는 깜짝 놀랐다. 그 시는 '반달'이었다. 오냐 아저씨가 나에게 알려준 시였고 선예 언니가 아플 때 내가 마음속으로 불러주었던 시이기도 했다. 언니의 시화에는 캄캄한 밤바다와 반짝이는 등대 그리고 작은 샛별 하나가 그려져 있었다. 감옥으로 끌려간 오냐 아저씨 생각이 났다. 오냐 아저씨도 어쩌면 그 안에서 밤하늘 샛별을 보며 이 시를 떠올리고 있을 것 같았다.

은하수를 건너서 구름 나라로
구름 나라 지나선 어디로 가나
멀리서 반짝반짝 비치이는 건
샛별이 등대란다 길을 찾아라

헝겊 귀마개

양태은

텍스트 분석에서 출발하여 앞으로는
다양한 창작에 미쳐 보고 싶은 방랑자입니다.

헝겊 귀마개

글 · 양태은 | 그림 · 백현영

6월부터 여름 장맛비가 쏟아지기 시작하는 가고시마 현은 일본에서 가장 남쪽에 있습니다. 길게 뻗은 해변의 새하얀 모래밭은 일본에서도 이국적인 풍경이지만 그 위에 펼쳐진 푸른 소나무 숲은 기묘한 모습을 자아냅니다. 새하얀 모래밭이 남국의 풍경이라면 삐죽삐죽 소나무 숲은 북국에서 찾아온 손님 같습니다.

후드득후드득, 굵은 빗방울이 폭격을 퍼붓듯 침엽수를 때리며 내리꽂힙니다. 모래밭에는 장맛비가 폭폭 뚫어 놓은 작은 구멍들이 생겨납니다. 모래밭에 숨어 있던 방게들이 깜짝 놀라 바다를 향해 달아납니다. 잠시 후 하늘 저편에서 폭격기가 웽웽거리며 날아옵니다.

'하나, 둘, 셋. 오늘은 멋진 가미카제 세 대.'

해변이 보이는 마당가에서 도요아키는 마음속으로 폭격기를 헤아리고 있습니다.

"비 오는데 뭐하는 게야? 어서 들어오너라."

"할머니, 솜이불은 어디 있어요? 다락에 있어요?"

"솜이불이 어디 있누, 이렇게 따듯한데. 솜이불은 북쪽에 있는 너희 집에나 있지."

"네? 솜이불이 없다고요?"

전쟁 때문에 할머니 할아버지 댁으로 피난 온 도요아키는 따뜻한 남쪽에서는 솜이불이 필요 없다는 사실을 이제야 깨달았습니다.

"추워서 그러니? 비가 와서 조금 쌀쌀하기는 하구나. 혹시 몸살이라도 난 게야?"

"아니요. 제재소에서 나는 '아이고, 아이고' 소리 때문에 잠을 잘 수가 없어서요. 솜이불이 있으면 뒤집어쓰고 자려고요. 할머니, 그럼 솜도 없어요?"

"그러게. 느닷없이 해군들이 몰려와서 바로 옆에 저렇게 큰 제재소를 짓더니, 이제는 밤낮으로 웬 신음소리가 들리는지 모르겠구나. 솜은 없지만 쓸 만한 걸 좀 찾아보마."

할머니가 걸레질을 하며 말했습니다. 그때 삐거덕 대문 열리는 소리가 들렸습니다.

"안녕하세요, 할머니?"

사부로가 할머니에게 꾸벅 인사를 하며 말했습니다.

"도요아키, 우리 낚시 가자!"

"사부로, 나도 낚시 가고 싶었는데 마침 잘 왔어."

"비가 이렇게 쏟아지는데 낚시를 간다고? 그랬다간 영락없이 감기에 걸릴 게야."

밖을 내다보며 할머니가 손사래를 쳤습니다.

"할머니, 걱정 마세요. 할아버지가 알려 주신 비밀 동굴이 있어요. 동굴 바닥에 커다란 구멍이 있는데, 거기에 물고기가 많아요. 할머니가 좋아하시는 바닷장어 잡아 올게요. 장어!"

도요아키가 할머니를 졸랐습니다.

"할미가 장어를 좋아하는 건 어찌 알았을까? 할아버지가 알려준 동굴이라니, 그럼 조심해서 다녀오너라. 저녁 전에는 꼭 돌아와야 한다. 순식간에 밀물이 들어와서 위험할 수도 있어. 알았지?"

도요아키가 조르자 할머니는 다짐을 받고서야 허락을 했습니다.

"사부로, 어서 가자!"

도요아키는 재빨리 삿갓에다 도롱이를 챙겨 입고 사부로를 재촉했습니다. 마을에서 멀리 떨어진 비밀 동굴까지 가려면 잰걸음이라도 한 시간은 걸릴 겁니다. 다행히 가는 동안비가 잦아들어 발걸음이 훨씬 가벼워졌습니다. 도요아키와사부로는 소나무 해변을 따라 부두 쪽으로 향했습니다.

"사부로, 네 아버지 요즘 제재소에서 감독관 하신다며?"

"응. 연합군의 폭격 때문에 방공호를 더 많이 지어야 한대. 소나무를 잘라서 판재를 만든다고 하던데. 아버지가 감독관이니 나는 이제 대일본제국 감독관의 아드님이시지!"

사부로가 으스대며 말했습니다.

"전쟁이 더 심해지고 있나 보구나. 그런데 사부로! 왜 제재소에서 매일 '아이고' 소리가 ……."

도요아키가 갑자기 말을 멈췄습니다.

'아이고, 아이고. 아이고, 아이고.'

도요아키를 밤마다 괴롭히던 소리가 바로 근처에서 들려온 것입니다. 도요아키는 그 소리를 따라 한걸음에 부두까지달려갔습니다.

바다를 향해 직각으로 길게 뻗은 나무 부두 위에는 한 줄로 나란히 판재들이 쌓여 있습니다. 가까이 가 보니, 비쩍 마른 세 사람이 그 판재 더미 옆에서 엎드려 뻗친 채 매를 맞고 있었습니다. 그들을 향해 곤봉을 휘두르는 사람은 금빛 견장을 달고 있는 대일본제국의 해군 장교입니다. 도요아키와 사부로는 자세를 낮추고 숨죽여 그 모습을 지켜보았습니다.

"게으른 조센징! 너희들은 맞아도 싸다!"

도요아키가 깜짝 놀라 사부로에게 물었습니다.

"사부로, 저 사람들은 왜 매를 맞는 거야?"

"대동아 전쟁의 승리를 위해 데려온 조센징들인데, 게을러서 일은 안 하고 밥만 먹으려 하니 맞아도 싸지 뭐."

시부로기 거들먹거리며 대답했습니다. 히지만 도요이키는 사부로의 말을 이해할 수 없었습니다. 낡고 헤진 옷과 신발, 시커멓게 그을린 얼굴에 앙상한 팔다리. 더군다나 비를 쫄딱 맞으면서 매를 맞다니, 아무리 큰 잘못을 했어도 너무 심하다는 생각이 들었습니다.

그때, 매를 맞고 있는 조선인 한 명과 도요아키의 눈이 딱 마주쳤습니다. 옆에 있는 다른 조선인들이 아무리 비명을 질러도 그는 입을 앙다물고 꾹 참고 있었습니다. 매를 맞고 있는 신세지만, 그의 예리하고 번뜩이는 눈빛은 도요아키를 주눅들게 만들 만큼 생생했습니다.

그때 구름을 가르며 가미카제 한 대가 지나갔습니다.

"와, 가미카제다! 도요아키, 신의 바람 가미카제 특공대 알지? 저건 보통 폭격기가 아니라고. 적들의 전투기나 전함을 만나면 거대한 폭탄을 싣고 돌진해서 몸통 박치기를 하는 전투기라고."

"그럼, 조종사는?"

"대일본제국을 위해 명예롭게 죽는 거지. 나도 나중에 가미카제 조종사가 될 거야! 이 한 몸 바쳐 대일본제국이 영광스런 승리를 거두는 거지. 정말 멋지지 않아?"

"뭐? 죽는다고?"

가미카제가 그렇게 무서운 것이었다니, 도요아키는 낚시를 가려던 마음이 사라져 버렸습니다. 왠지 사부로가 낯설게 느껴졌습니다.

"사부로, 우리 그냥 집으로 돌아가자."

"왜?"

"갑자기 배가 아파. 도저히 동굴까지 못 가겠어."

도요아키는 핑계를 대며 얼버무렸습니다.

집에 돌아오니 할머니는 헝겊 귀마개를 만들고 있었습니

다. 낡은 치마를 잘라 만든 헝겊 조각을 동글동글 예쁘게 말아 바느질을 했습니다. 도요아키는 갑자기 배가 아파 집으로 돌아왔다고 말하고는 할머니 옆에 벌러덩 누웠습니다. 매를 맞던 조선인의 눈빛이 떠오르고 조선인들의 비명 소리가 귓가에 맴돌았습니다.

"다 만들었다."

할머니가 완성된 헝겊 귀마개를 귀에 꽂아 주었습니다. 신기하게도 귓가에 맴돌던 비명소리가 더이상 들리지 않는 것 같았습니다.

"어서 가자. 산자두가 아주 잘 익었을 게다."

고구마 밭으로 가는 길에 함께 나선 할아버지가 재촉했습니다. 할머니는 망태기와 함께 비가 올지 모른다며 도롱이를 챙겨 주었습니다. 산자두를 잔뜩 따 오면 할머니는 도요아키가 좋아하는 자두 장아찌를 담가 줄 겁니다.

산에는 빨간 자두들이 정말 많았습니다. 도요아키는 자신의 키보다 서너 배나 큰 나무에 기어올랐습니다. 아삭아삭 새콤하게 씹히는 산자두를 입안 가득 넣으며 자두를 땄습니다. 망태기가 반쯤 찼을 때입니다. 바위 뒤에 무언가 웅크리고 있는 게 보였습니다.

'노루?'

살그머니 나무에서 내려온 도요아키는 발소리를 죽인 채 바위로 다가갔습니다.

'앗! 사, 사람이잖아. 죽은 건가?'

헤진 옷에 신발도 없이 피가 홍건한 발, 앙상하게 마른 몸은 부두에서 보았던 조선인들과 비슷했습니다. 떨리는 마음을 억누르며 자세히 살펴보니, 지난번에 눈이 마주쳤던 바로 그 사람이었습니다.

'어쩌지. 많이 다쳤나 봐.'

조선인은 몸을 일으키려고 애쓰다가 다시 픽 하고 쓰러졌습니다. 도요아키를 쳐다보는 눈빛에 두려움이 담겨 있었습니다. 아무래도 제재소에서 몰래 도망친 모양입니다.

"걱정하지 마세요. 아무에게도 말하지 않을게요."

도요아키는 손에 쥐고 있던 자두 하나를 건네고, 도롱이를 가져다 조선인의 몸을 덮어 주었습니다. 그리고 바위 옆의 흙과 나뭇잎을 긁어내 그가 눕도록 하고, 나뭇가지와 잎사귀로 다시 덮었습니다.

"아저씨, 잠깐 여기 계세요. 제가 숨기에 좋은 동굴을 알아요. 저기 소나무 숲 너머 바닷가에 있어요. 저녁에 다시 올 테니까 같이 가요. 알았죠?"

조선인이 고개를 끄덕였습니다.

집에 돌아온 도요아키는 도롱이를 잃어버렸다고 할머니에게 한바탕 야단을 들었습니다. 하지만 도요아키는 혼자서 조선인을 동굴까지 무사히 데려갈 수 있을지 걱정하느라 할머니의 야단이 귀에 들어오지 않았습니다.

쏴아아. 다시 장맛비가 쏟아지기 시작했습니다. 도요아키는 얼른 밖으로 나가 삿갓과 도롱이를 챙겨 입었습니다. 할머니 몰래 신발도 한 켤레 허리춤에 숨겼습니다.

"아니, 이딜 가는 게냐?"

"산에 두고 온 도롱이 가지러 가요."

"비가 이렇게 쏟아지는데 내일 가져오면 되지."

"금방 다녀올게요."

도요아키는 쏜살같이 집을 빠져나와 산으로 갔습니다.

"어라! 분명히 이 자리가 맞는데 ……."

조선인이 보이지 않았습니다. 사라진 것입니다. 바위 옆에는 흩어진 나뭇잎만 널려 있었습니다.

'다친 몸으로 어딜 간 거지? 사람들한테 들킨 건가?'

바위 주변 산길을 오르내리며 조선인을 찾아보았지만 흔적도 없었습니다.

그날 밤 도요아키는 잠이 오지 않았습니다. 사라진 조선인이 걱정이 되었습니다. 제재소의 '아이고' 소리도 그날따라 더 크고 고통스럽게 들렸습니다. 저녁을 먹고 나간 할아버지도 밤늦도록 돌아오지 않았습니다. 제재소의 소리가 잦아들 때쯤 도요아키는 까무룩 잠이 들었습니다.

"… 도망친 조선 … 해군 … 순사들 ……."

"… 잡히면 큰일 … 목숨 ……."

잠결에 할아버지와 할머니의 말소리를 들은 듯했습니다.

다음날 온 마을이 해군들의 수색으로 소란스러웠습니다. 해군들은 이집저집을 다니며 도망친 조선인을 보았느냐 묻고, 숨겨 주면 벌을 받는다며 으름장을 놓았습니다. 도요아키는 그 조선인이 아직 잡히지 않았다는 사실에 안심이 되면서도 마음이 다급해졌습니다. 어쩌면 사라진 조선인이 자신이 알려준 바닷가 동굴로 갔을지도 모른다는 생각이 들었습니다.

도요아키는 낚싯대를 들고 바닷가로 나갔습니다.

"도요아키, 낚시하러 왔구나."

멀리서 도요아키를 본 사부로가 손을 흔들며 소리쳤습니다. 사부로는 마을 동무들과 해변에서 게를 잡고 있었습니다. 도요아키는 할머니에게 드릴 장어를 잡으러 간다며 손을 흔든 뒤 동무들을 뒤로하고 소나무 숲 너머 동굴로 갔습니다. 사부로가 게 잡는 것을 그만두고 따라오는 바람에 도요아키는 입술이 바짝 말랐지만 아무렇지 않은 척하였습니다.

도요아키는 다음날도 그 다음날도 바닷가에서 노는 사부로와 동무들을 따돌리며 쉬지 않고 조선인을 찾아다녔습니다. 동굴 깊숙이 들어갈수록 겁이 났지만 조선인 찾는 일을 멈출 수 없었습니다.

"안에 아무도 없어요?"

"저예요. 산에서 만났던 아이요."

오늘도 도요아키는 동굴 안으로 들어가면서 속삭였습니다. 이렇게 깊은 곳까지 들어오기는 처음이라 다리가 후들후들 떨렸습니다.

그때 동굴 깊숙한 곳에서 절뚝거리는 발걸음 소리가 들려왔습니다.

"거기, 조선인 맞죠?"

드디어 어둠 속에서 조선인이 모습을 드러냈습니다.

"해군들이 온 마을을 수색하고 있어요. 이제 곧 여기도 위험해질 거예요."

"날 위해 여기까지 온 거니? 고맙다. 여긴 꽤 안전하니 너무 걱정하지 마라."

도요아키는 몸이 좀 나아진 조선인을 보고 안심했습니다.

"그날 다시 산에 갔는데 아저씨가 사라져서 걱정했어요."

"그랬구나. 어떤 어르신이 도와줘서 여기에 숨을 수 있었어. 나를 찾아다녔다면 미안하구나. 그런데 넌 몇 살이니?"

"전 다케다 도요아키이고, 열두 살이에요."

"도요아키, 나도 고향에 네 또래의 동생들이 있어. 나를 형이라고 부를래?"

도요아키는 고개를 끄덕였습니다. 형은 동생들을 위해 구두 만드는 기술을 배우러 일본에 왔는데, 도중에 이곳 제재소로 끌려왔다고 했습니다. 동생들 얘기를 하며 따뜻하게 웃는 형의 얼굴을 보자 도요아키는 안심이 되었습니다.

그때 동굴 입구 쪽에서 소란스러운 소리가 들려왔습니다.

"여기가 바닷가에서 가장 깊은 동굴이에요."

사부로의 목소리였습니다.

"이곳을 샅샅이 뒤져라!"

사부로가 해군들을 안내한 모양입니다. 형이 황급히 도요
아키의 팔을 끌어당겼습니다. 다리를 절뚝였지만 형은 민첩
하게 움직였습니다. 도요아키는 형을 따라 동굴 안으로 더욱
깊숙이 들어갔습니다. 얼마쯤 가다 보니, 동굴 벽에 사람 하
나가 간신히 들어갈 수 있는 좁은 틈새가 있었습니다. 그 안
으로 들어가자 제법 넓은 공간이 나타났습니다. 형은 익숙한
듯 바닥에 앉아 도요아키를 무릎에 앉혔습니다.

철컥철컥, 뚜벅뚜벅, 탁탁 …….

군인들이 동굴 안으로 몰려드는 소리가 들립니다. 형이 떨
고 있는 도요아키를 두 팔로 꼭 안아주었습니다. 앙상하지만
참 따뜻한 품이었습니다. 군인들 소리가 점점 가까워지자 도
요아키는 소중히 가지고 다니던 헝겊 귀마개를 꺼내 형의 귀
를 막아 주었습니다. 형도 두 손으로 도요아키의 귀를 막아
주었습니다. 군인들의 발소리가 아득해졌습니다. 들킬까 봐
조마조마하던 도요아키는 군인들이 멀어지는 것을 느끼며
형의 품에 안겨 까무룩 잠이 들었습니다.

"여보시게, 괜찮은가?"

낯익은 목소리에 도요아키가 화들짝 놀라 잠에서 깨어났

습니다. 갑자기 시커먼 그림자가 동굴 벽 틈새로 쑥 들어왔습니다.

"도요아키 아니냐? 네가 왜 여기에 있는 게야?"

"할아버지?"

둘은 깜짝 놀라 서로를 바라보았습니다. 도요아키는 할아버지의 품으로 달려들었습니다. 자꾸만 눈물이 나왔습니다. 그동안 형을 돌봐 준 사람이 할아버지였던 것입니다.

형은 무사히 동굴을 떠났습니다. 형이 떠나고 보름쯤 지나 마침내 대동아 전쟁이 끝났습니다. 제재소에서는 매 맞는 소리도, '아이고' 소리도 들리지 않았습니다. 하늘을 가르던 가미카제 전투기 소리도 더이상 들을 수 없었습니다.

"조센징 놈들이 트럭을 타고 떠났어요. '일본이 졌다! 나쁜 놈들!'이라고 소리치면서 갔다고요. 우리를 완전히 바보 취급한 거예요. 은혜도 모르는 것들."

제재소 감독관이었던 사부로 아버지는 마을 사람들을 만날 때마다 조선인들에 대한 이야기로 분통을 터뜨렸습니다. 하지만 도요아키는 전쟁이 끝나 기분이 좋았습니다. 형이 떠나던 날 형곁 귀마개를 선물한 일을 떠올리면 슬그머니 웃음이 나왔습니다.

'형! 동생들과 만나서 잘 지내는 거죠?'

1945년 8월, 그렇게 여름이 지나갔습니다.

일제강점기 역사동화집

날아라 고무신

초판 1쇄 발행일 2019년 10월 31일
초판 2쇄 발행일 2020년 3월 1일

발행인	박인애
편 집	고운해 · 정다운 · 강혜연
디자인	여현미

발행처	구름바다
등록일	2017년 10월 31일
등록번호	제406-2017-000145호
주 소	파주시 노을빛로 109-1 301호
전 화	031-8070-5450, 010-4301-0736
팩스	031-5171-3229
전자우편	freeinae@icloud.com
인쇄	한영문화사

ⓒ 정민영 정주아 박은선 최수인 정다운 이정란 이희분 박경희 양태은

ISBN 979-11-962493-5-9 (03810)
값 12,000원

「이 도서의 국립중앙도서관 출판예정도서목록(CIP)은 서지정보유통지원시스템
홈페이지(http://seoji.nl.go.kr)와 국가자료공동목록시스템(http://www.nl.go.
kr/kolisnet)에서 이용하실 수 있습니다. (CIP제어번호: CIP2019042208)」